Tucholsky Wagner Zola Scott Sydow Freud Schlegel
Turgenev Wallace Fonatne
Twain Walther von der Vogelweide Fouqué Friedrich II. von Preußen
Weber Freiligrath Frey
Kant Ernst
Fechner Fichte Weiße Rose von Fallersleben Richthofen Frommel
Hölderlin
Engels Fielding Eichendorff Tacitus Dumas
Fehrs Faber Flaubert
Eliasberg Ebner Eschenbach
Feuerbach Maximilian I. von Habsburg Fock Zweig
Ewald Eliot Vergil
Goethe Elisabeth von Österreich London
Mendelssohn Balzac Shakespeare Dostojewski Ganghofer
Lichtenberg Rathenau Doyle Gjellerup
Trackl Stevenson Hambruch
Mommsen Tolstoi Lenz Droste-Hülshoff
Thoma Hanrieder
von Arnim Hägele Hauff Humboldt
Dach Verne
Reuter Rousseau Hagen Hauptmann Gautier
Karrillon Garschin Baudelaire
Defoe Hebbel
Damaschke Descartes
Hegel Kussmaul Herder
Wolfram von Eschenbach Dickens Schopenhauer Rilke George
Darwin Melville Grimm Jerome
Bronner Bebel Proust
Campe Horváth Aristoteles Voltaire Federer Herodot
Bismarck Vigny Barlach Heine
Gengenbach
Storm Casanova Tersteegen Gilm Grillparzer Georgy
Chamberlain Lessing Langbein Gryphius
Brentano Lafontaine
Strachwitz Claudius Schiller Kralik Iffland Sokrates
Schilling
Katharina II. von Rußland Bellamy Raabe Gibbon Tschechow
Gerstäcker
Löns Hesse Hoffmann Gogol Wilde Gleim Vulpius
Luther Heym Hofmannsthal Klee Hölty Morgenstern Goedicke
Roth Heyse Klopstock Kleist
Luxemburg Puschkin Homer Mörike Musil
La Roche Horaz
Machiavelli Kierkegaard Kraft Kraus
Navarra Aurel Musset
Lamprecht Kind Kirchhoff Hugo Moltke
Nestroy Marie de France
Laotse Ipsen Liebknecht
Nietzsche Nansen Ringelnatz
Marx Lassalle Gorki Klett Leibniz
von Ossietzky May vom Stein Lawrence Irving
Petalozzi Knigge
Platon Pückler Michelangelo Kock Kafka
Sachs Poe Liebermann
de Sade Praetorius Mistral Zetkin Korolenko

Der Verlag tredition aus Hamburg veröffentlicht in der Reihe **TREDITION CLASSICS** Werke aus mehr als zwei Jahrtausenden. Diese waren zu einem Großteil vergriffen oder nur noch antiquarisch erhältlich.

Symbolfigur für **TREDITION CLASSICS** ist Johannes Gutenberg (1400 — 1468), der Erfinder des Buchdrucks mit Metalllettern und der Druckerpresse.

Mit der Buchreihe **TREDITION CLASSICS** verfolgt tredition das Ziel, tausende Klassiker der Weltliteratur verschiedener Sprachen wieder als gedruckte Bücher aufzulegen – und das weltweit!

Die Buchreihe dient zur Bewahrung der Literatur und Förderung der Kultur. Sie trägt so dazu bei, dass viele tausend Werke nicht in Vergessenheit geraten.

Sevarinde

Alfons Petzold

Impressum

Autor: Alfons Petzold
Umschlagkonzept: toepferschumann, Berlin

Verlag: tredition GmbH, Hamburg
ISBN: 978-3-8424-1031-2
Printed in Germany

Alfons Petzold

Sevarinde

ALFRED KUBIN
freundschaftlichst

I.

Von früher Jugend an hegte ich den heißen Wunsch, ferne Länder zu sehen, den geheimnisvollen Dingen, von denen mich die Meere trennten, nahe zu kommen. Ich las am liebsten Bücher über abenteuerliche Forschungsreisen und spielte mit meinen Kameraden Spiele, die solche Reisen und Abenteuer in unseren heimatlichen Wäldchen und Wiesen nachahmten. Meine lieben Eltern sahen diese Neigung sehr ungern. Sie wollten mich zu einem würdigen Gelehrten erziehen, der in Ruhe und Behaglichkeit sein Leben zwischen vier Wänden hinbringen sollte. Doch weder ihr gütliches Zureden noch ihr strenges Mahnen, mich ihrem Wunsche zu fügen, fruchteten etwas, und als ich 15 Jahre alt war, setzte ich es durch, daß sie mir wenigstens erlaubten, Soldat zu werden. Sie hofften dabei heimlich, daß mir das strenge Leben in der Armee nicht behagen und ich gar bald reuig in das Elternhaus zurückkehren würde. Dem war aber nicht so. Mit meinem Regiment nach Italien geschickt, sah und erlebte ich so viel Herrliches und Sonderbares, daß ich dafür gerne den harten Dienst in Kauf nahm und in mir die Begierde, noch mehr von der großen Welt zu sehen, eher wuchs, als abnahm.

Nach zweijähriger Abwesenheit kehrte ich in die Heimat zurück, um mich sofort, zur größten Betrübnis meiner Eltern, zur Teilnahme an einer Expedition nach Katalonien zu melden. Ich wurde auch mit dem Range eines Fahnenjunkers neu eingestellt und zog nun drei Jahre lang der Furie des Krieges nach. Von diesem freien wilden Leben hinweg rief mich der Tod meines Vaters nach Hause, allwo ich seine Güter übernahm und auf das Zureden der Mutter und der übrigen Verwandten die Rechtswissenschaft zu studieren anfing. Nach fünf Jahren des fleißigsten Studiums legte ich die Doktorprüfung ab. Als Anwalt trat ich in den Dienst des Staates und war mit Eifer darauf bedacht, eine ehrenvolle Stellung zu erringen. Vor allem hatte ich Freude daran, über mancherlei Ereignisse gutdurchdachte Reden zu halten und erlangte darin auch eine große Übung, so daß man mir gerne zuhörte. Dagegen fand ich die Gerichtspraxis so trocken und abstoßend, daß mich gar bald ein Ekel davor ergriff, und ich Tag und Nacht angestrengt darüber nachdachte, wie ich mich auf die beste Art und Weise dieses mir so unangenehmen Berufes entledigen könnte.

Da starb meine Mutter und ihr Tod gab mir meine volle Freiheit. Ich verkaufte schleunigst alle meine Güter, behielt mir nur ein kleines Landgut, dem ich aber auch einen Pächter gab, und fing an, mir in aller Beschaulichkeit die Welt anzusehen, nun als mein eigener Herr und Reisemarschall. Zuerst bereiste ich das schöne Frankreich, dessen Hauptstadt mir so über alle Maßen wohlgefiel, daß es mir wie allen geschah, die an die Mauern dieser einzigen Stadt streifen. Ich konnte mich kaum trennen und blieb fast zwei ganze Jahre ihr getreuer Gast. Dann wandte ich mich nach Deutschland, besah mir seine herrlichen Kirchen, den Hofhaushalt der kaiserlichen Majestäten und vieler anderer Fürsten, zog durch Dänemark und Schweden und ruhte in Amsterdam von meiner europäischen Reise aus, bis das Schiff seefertig war, das mich nach Ostindien bringen sollte.

Diese weite Seereise zu unternehmen hatte mich nicht nur meine alte Sehnsucht nach den Wundern und Abenteuern ferner Länder getrieben. Auch das Zureden eines Freundes, der eine Faktorei auf Batavia besaß, war schuld an diesem Entschluß. Dieser versprach mir goldene Berge und ließ mich einen Reichtum schauen, der dort mit Leichtigkeit zu erlangen war und dessen Größe mich blendete.

Das Schiff, das wir zu unserer Überfahrt ausgesucht hatten, war erst vor kurzem gebaut worden und galt als äußerst seetüchtig. Es hieß »Goldener Drache«, konnte 600 Tonnen Ladung aufnehmen, war mit 32 Kanonen bestückt und mit etwa 300 Matrosen bemannt, zu denen noch etliche 100 Passagiere hinzukamen. Außerdem war eine große Summe Goldes an Bord, die einigen mitreisenden Kaufleuten, darunter meinem Freund Mynherr Van der Nuyt, gehörte.

Am 12. April des Jahres 1655 rasselten unsere Anker empor und wir segelten mit kräftigem Ostwind durch den Kanal in das unendliche Weltmeer hinaus.

Nach einer kurzen, von günstigen Winden gesegneten Fahrt kamen wir nach Teneriffa, wo wir frisches Wasser und neue Vorräte für die fernere Reise einholten, von der wir auf das leichtsinnigste das gleiche Gute und Angenehme wie bisher erhofften. Darin waren wir alle einig, vom letzten Schiffsjungen bis zum reichsten Kaufmann hinauf und keiner gedachte der Anmaßung, die darin lag, an gar nichts anderes wie an eine glückliche Beendigung der monatelangen Reise zu denken. Wir alle versuchten das Schicksal, indem wir ihm eine gütliche Schwäche und Handlungsunfähigkeit zulegten, die es arg herausforderten. Die Folgen sollten wir bald zu spüren bekommen.

Drei Stunden später, nachdem wir den angenehmen Hafen verlassen hatten, begann die See ungestüm zu werden. Der Himmel wurde wie ein dunkler schreckhafter Wald, aus dem unaufhörlich Blitze wie feurige Riesen hervorsprangen und das Meer zum Sieden brachten. Es warf immer gewaltigere Wellen, die waren voll Donner wie die nachtschwarzen Wolken über uns und ihre unzähmbare Wut flößte den Mutigsten Angst und Entsetzen ein. Diese Gefühle steigerten sich, als zuletzt noch ein mächtiger Sturm einsetzte, der die zusammengezogenen Segel von den Raeen riß und die Mastbäume wie dünnes Rohr bog. Unser Schiff wurde einem Kinderballe gleich hin und her geschleudert; bald schien es mitten in die Wolken hineingeworfen zu werden, bald rissen es furchtbare Hände in die Tiefe der kochenden Wasser. Weißer Gischt brodelte fortwährend über seinen höchsten Mast und das Stöhnen seiner Planken machte einen höllischen Lärm. Es folgte keiner Führung mehr, drehte sich zumeist in schwindelerregender Weise, wenn es nicht von den Stürmen einmal nach vorwärts und dann wieder nach rückwärts gerissen wurde.

In kurzer Zeit waren die Matrosen so ermattet, daß kaum mehr einer einen Befehl ausführen konnte. Auch hatten wir schon mehrere Mann durch die Sturzwellen verloren und jeder war nur mehr bestrebt, sich durch Anbinden so gut wie möglich zu versichern. Während die anderen Reisenden im Inneren des Schiffes um ihr Leben zitterten, hatten ich und mein Freund uns an den Hauptmast mit Stricken festbinden lassen. Denn wir wollten der Gefahr ins Auge sehen. Wie verwünschte ich jetzt meine Gewinnsucht und meine Begier nach Abenteuern, denen ich vielleicht einen ruhmlosen Tod zu verdanken hatte.

Holland, meine Heimat, erschien mir auf einmal als das schönste Land der Erde und ich hätte mein kleines Vermögen für die Gunst hergegeben, mit meinen Füßen auf Hollands Erde stehen zu dürfen. Meinem Freunde erging es wohl nicht anders.

Endlich hörten zu unserer unaussprechlichen Freude die verderblichen Wirbelstürme auf und räumten einem gewaltigen Wind die Herrschaft ein, der das Schiff mit Macht nach Süden trieb. Dagegen anzukämpfen erschien alsbald fruchtlos und wir mußten uns der Willkür dieses Windes anvertrauen, immer in der Gefahr schwebend, in einen an Klippen reichen Teil des Meeres getrieben zu werden, wo uns dann zu guter Letzt doch der Untergang ereilen mußte.

Endlich nach dem Hangen und Bangen zweier endloser Tage, drehte sich der Wind und trieb uns südöstlich durch dichte Nebelmassen, die wie ungeheure Wolken auf dem Meere lagen und uns nicht zehn Schritte voraus sehen ließen. Dennoch schöpften wir wieder Hoffnung, da der Kapitän, auf das Auftreten des Nebels hinweisend, eine Abnahme des Windes voraussagte. Dies trat auch ein. Am sechsten Tage milderte sich der Sturm etwas, doch wehte er immerhin noch stark gegen Südosten.

Es war gegen Mitternacht des siebenten Tages, als ich plötzlich im Halbschlafe das seltsame Gefühl hatte, aus einer großen Bewegung in eine starre Ruhe versetzt worden zu sein. Wach werdend, bemerkte ich auch sogleich, daß das Stampfen des Schiffbodens und das zitternde Knarren der Planken vollständig aufgehört hatte. Ich stürzte auf Deck, um die Ursache der unheimlichen Ruhe zu erfahren. Das Schiff lag ruhig wie in stehendem Wasser, eine große Stille drückte sich an seine Wände. Die unendliche Wasserfläche schien zu Stein erstarrt und die Luft wie tot, von keinem Hauch bewegt. Die frisch aufgezogenen Segel hingen schlapp herunter und der Rauch der Schiffslaternen stieg kerzengerade auf. In dem unermeßlich hohen Himmelsgewölbe standen so unbeweglich wie unser Schiff die Sterne. Diese starre Unbeweglichkeit allüberall erfüllte mich beinahe mit größerem Schrecken als vorhin der entfesselten Elemente Aufruhr.

Trotz der klaren Sterne konnte der Kapitän mit seinen Offizieren keine richtige Aufnahme von unserer Fahrtrichtung machen. Sie vermuteten nur, daß wir nicht weit von Batavia, zum mindesten höchstens 100 Meilen von Südland entfernt sein konnten. Einige Zeit später mußten sie aber eingestehen, daß sie sich in dieser Annahme gewaltig geirrt hatten.

Die sonderbare Ruhe des Meeres und der Luft hielt auch den anderen Tag an, und um uns die böse Unruhe etwas zu vertreiben, besichtigten wir das Schiff in allen Teilen. Es hatte durch das Unwetter beinahe gar nicht gelitten und so seine gepriesene Seetüchtigkeit glänzend gerechtfertigt.

In der Frühe des achten Tages erhob sich zu unserer großen Freude ein mittelmäßiger Wind, die hungrigen Segel bauschten sich und führten das Fahrzeug gegen Osten zu. Alle an Bord zeigten fröhliche Mienen und wie es nun einmal bei dem kurzsichtigen und leichtfertigen Menschenvolk ist, hatten wir gar bald unsere überstandenen Todesängste vergessen.

Da wurde in der Nacht, die diesem frohen Tage folgte, der Himmel neuerlich trübe, wie aus verschmutzter Milch geformt sah er aus, und ehe wir uns dessen versahen, brauste ein gewaltiger Sturm heran, der im ersten Anprall sogleich den Hauptmast knickte, der im Niederbrechen eine Anzahl Matrosen tötete. Wie ungeheuere Kanonenkugeln prallten die Sturmböen an die Schiffsseiten. Mit unglaublicher Schnelligkeit wurden wir dabei vorwärtsgerissen. Plötzlich erschütterte das Fahrzeug ein furchtbarer Stoß und was wir nicht mehr gefürchtet hatten, war schreckliche Wahrheit geworden: wir waren in Unwetter und Nacht auf eine Sandbank gestoßen. Wir glaubten uns verloren, eine wilde Kopflosigkeit ergriff alle. Viele sprangen ins Meer, wo sie elend ertranken, einige lagen auf den Knien und beteten, während wieder andere schrecklich fluchten und versuchten, den Kapitän zu ermorden, der allein in all dem Aufruhr ruhig Befehle erteilte, mit der Pistole die Wahnsinnigen abwehrte und die kopflosen Matrosen zu der nötigen Hilfe antrieb. Zum Glück dämmerte schon der Morgen; auch ließ das Unwetter so plötzlich nach wie es gekommen war und die Sonne zerteilte nicht nur den Nebel, sondern beruhigte uns auch etwas. Der Kapitän teilte uns nun mit, daß die verhängnisvolle Sandbank ganz in der Nähe einer Insel läge, die zu erreichen Hoffnung vorhanden wäre. Das hob unseren gesunkenen Mut, wir fingen wieder klar zu denken an und noch von den Schauern des uns so nah gewesenen Todes erfüllt, richteten wir voll zaghafter Hoffnung die Blicke auf das nahe Eiland, das ein schmaler Meeresarm von uns trennte und das mit seinem Grün verheißungsvoll herüberwinkte.

Als die Ebbe kam, maß ein Bootsmann die Tiefe des Sundes, der zwischen dem Schiff und der Insel lag und nur einen Flintenschuß breit war. Das Lot zeigte fünf Fuß Tiefe an, so daß beschlossen wurde, ans Land zu gehen und zwar zuerst mit einer kleinen Abteilung.

Die Schaluppe wurde heruntergelassen und mit zwölf unserer tüchtigsten Matrosen bemannt. Sie hatten die Aufgabe, die Küste der Insel zu untersuchen und einen Ort ausfindig zu machen, wohin wir uns mit unseren Habseligkeiten begeben konnten. Wohl bewaffnet stießen sie ab, landeten wohlbehalten an dem hohen und steinigen Ufer, worauf wir sie einen Hügel erklettern sahen, der ringsum alles Land zu beherrschen schien. Aus den Zeichen, die sie herübermachten, erkannten wir, daß sie keine Spur von Menschen und deren Ansiedlungen entdecken konnten. Da es zu dämmern begann, kamen sie zurück. Sie schilderten uns das Land mit sandigem Boden bedeckt, das hie und da Dorngestrüpp überwucherte, aus dem sich einige dürftige Bäumchen erhoben. Auch wollten sie weder einen Fluß noch Bach erblickt haben. Nach einer kurzen Beratung erklärte sich die Mehrzahl der Schiffbrüchigen dazu bereit, das Schiff, welches zusehends immer mehr Wasser einsog, sofort zu verlassen. Beim ersten Morgengrauen fingen wir deshalb damit an, unsere besten und notwendigsten Sachen, vor allem unseren Mundvorrat mittels der Schaluppe und eines kleinen Bootes an das Land zu bringen und als dieses mit vielem Fleiß und vieler Sorgfalt geschehen war, verließen auch wir sehr bekümmert das arme schöne Schiff, um uns einem unbekannten Schicksal zu überantworten.

Drüben angekommen wurde die flache Höhe des Hügels als erster Lagerplatz auserwählt. Von hier aus konnten wir See und Land weithin überblicken und brauchten nur wenige Schildwachen auszustellen, um vor einem plötzlichen Überfall gesichert zu sein.

Nachdem wir uns alle ein wenig ausgeruht hatten, setzten wir uns zusammen um zu beraten, wie wir uns in diesem fremden und wie es schien nicht sehr wirtlichen Lande zu benehmen hätten, um nicht vielleicht einem uns noch unbekannten Verderben anheim zu fallen. So wurde hauptsächlich beschlossen, daß einstweilen auch weiterhin es so gehalten werden sollte, wie auf dem Schiffe, bis es für ratsam erkannt werden würde, diese Ordnung zu verändern. Nun teilten die Offiziere des Schiffes die ihnen untergebenen Matrosen in drei gleiche Haufen. Zwei davon mußten ein Lager errichten, Laufgraben und Schanzen aufwerfen, während der dritte kleinere Teil, der aus den kühnsten und kräftigsten Männern bestand, tiefer in das Land eindringen und nach Holz und anderen Dingen suchen sollte.

Der Kapitän ließ auch noch einmal auf das Genaueste von den Zimmerleuten das Wrack des Schiffes untersuchen. Diese fanden, daß das Schiff wohl nicht mehr sank, aber auch nicht mehr loszubringen war und ein zu großes Leck hatte, um es noch einmal seetüchtig zu machen. Sie schlugen vor, aus seinem Holz ein oder zwei kleine Pinassen zu zimmern und damit zu versuchen, Batavia zu erreichen, um von dort Hilfe herbeizuholen. Der Rat wurde gut geheißen und ein Teil von uns machte sich sofort unter der Leitung der Zimmerleute an seine Ausführung.

Einstweilen war die zur Erforschung des nächstgelegenen Gebietes ausgesendete Mannschaft zurückgekehrt. Sie hatte sich nicht zu weit weg von dem Lager gewagt aus Furcht, auf wilde feindlich gesinnte Eingeborene zu stoßen und diese auf die Spur unseres noch unbefestigten Lagers zu bringen. Das war sehr klug gedacht. Übrigens brachten sie etwas Holz mit und eine Art wilder Maulbeeren, deren sie eine Menge gefunden hatten. Desgleichen lieferten andere, die die Ufer in der nächsten Umgebung abgegangen waren, eine erkleckliche Anzahl Austern für die gemeinsame Küche ab. Das kam uns sehr zu statten, denn wir mußten mit unseren Vorräten, die höchstens für zwei Monate ausreichten, sehr sparen. Sorge machte uns auch der Mangel an süßem Wasser, von dem wir auf dem uns bisher bekannten Teil der Insel keinen Tropfen gefunden hatten. Wohl gruben wir alsogleich in der Mitte unseres Lagers einen Brunnen, der zu unserer Betrübnis aber nur salziges Wasser gab, das ungenießbar war.

Während der Zeit, in der eifrigst an dem Lager und an der einen Pinasse gebaut wurde, versuchten einige kühne Leute in das Innere der Insel vorzudringen. Sie machten aber nur wenig neue Entdeckungen. In der Wüste, die uns wohl viele Meilen weit im halben Umkreis umschloß, war nicht die geringste Spur von Menschen zu erkennen. Nur Schlangen, eine Art Hamster und Vögel in der Größe unserer Tauben bevölkerten diese Einöden.

Diese scheinbare Menschenleere der Insel ließ uns im Ausbau der Befestigung unseres Lagers sorglos werden. Auf den dafür vorteilhaftesten Stellen richteten wir einige Kanonen auf und weil wir uns nun vor dem Überfall uns feindlich gesinnter Menschen und wilder Tiere sicher fühlten, beschäftigten wir uns zumeist mit unseren leiblichen Bedürfnissen, schossen Vögel, sammelten Austern, strickten Netze zum Fischfang, hielten auch jeden Tag zweimal Gebetstunde ab, in der wir Gott für seinen uns bisher bewiesenen Schutz dankten und ihn um baldige Erlösung von der Insel baten.

Am vierzehnten Tage nach unserem Schiffbruch hatten die Zimmerleute eine kleine Pinasse fertiggestellt. Der Kapitän suchte sieben der tüchtigsten Seeleute aus, bestieg mit ihnen das schwache Fahrzeug und begleitet von unseren heißesten Segenswünschen stießen sie vom Lande ab. Während ein günstiger Wind das Schiff in die hohe See hinaustrieb, lagen wir anderen alle auf den Knien und beteten inbrünstig für seine baldige Ankunft in Batavia.

Am gleichen Tage noch setzten wir uns zur Wahl eines neuen Anführers an Stelle des Kapitäns zusammen. Die Mehrzahl von uns war dafür, daß mein Freund, Herr van der Nuyts, diesen Rang einnehmen sollte, war er doch der Begüterste von uns und als Mann, der schon lange Jahre in den Ländern dieser Zone geweilt hatte, mit dem Leben in dieser Gegend am besten vertraut. Er wollte jedoch davon nichts wissen, sagte, daß er für die Verantwortung, die diese Stelle mit sich bringe, viel zu jung sei. Man müsse vor allem wegen der Gefahren, die uns umlauerten, einen Mann zum Anführer wählen, der etwas vom Kriegshandwerk verstünde und das könnte er von sich nicht behaupten; er sei trotz seines Mutes immer ein friedlicher Mann gewesen, der zur Not mit den Waffen umzugehen wüßte, aber nie und nimmer die Fähigkeit besäße, an der Spitze vieler tapferer Leute mit Klugheit und Kunst über deren Wohlbefinden zu wachen. Wenn sie aber auf seinen Rat etwas geben, so sollten sie mir, seinem Freunde, die Befehlshaberschaft des Lagers übergeben. Ich hätte bereits in halb Europa Kriegsdienste geleistet, hätte in der rechtlichen Führung eines Staates – und der seien wir ja im Kleinen – große Erfahrung, wäre auch etliche Jahre älter als er und allen als tapferer und dabei vorsichtiger Mann bekannt. Damit zog er mich in die Mitte des Kreises. Ich war tief gerührt über diesen Beweis seiner uneigennützigen Freundschaft und des Vertrauens zu mir, dessen ich mich nicht für würdig erachtete. Ich hob deshalb die Hand, als Zeichen, daß ich sprechen wolle, und sagte:

»Liebe Kameraden und Leidensgefährten, die Lobsprüche meines Freundes, Herrn van der Nuyt, ehren mich sehr. Doch habe ich bisher zu wenig wirkliche Verdienste aufzuweisen, besitze auch zu wenig Wissen, das für die Ausübung der obersten Gewalt im Lager von Nöten ist. Darum bitte ich Euch, nicht auf den Rat meines edlen Freundes zu hören, und einen Würdigeren als ich es bin als Anführer zu wählen.

Kaum daß ich ausgesprochen hatte, stand ein rüstiger und sehr ernst aussehender Mann mit dem Namen Schwartz auf, der sich das Wort erbat und folgendes sprach, indes er sich an mich wendete:

»Mein Herr, alle diese schönen Ausflüchte werden Euch nichts nützen. Ich bin ganz der Meinung des Herrn van der Nuyts und sehe in Euch den einzigen, der fähig ist, über uns in diesem unbekannten Lande zu gebieten. Abgesehen von Euerem Wissen, das er aufzählte, wissen wir alle, was wir von Euerem klugen Urteil und Euerer Tapferkeit, die Ihr bei der bisherigen Erforschung dieser Insel bewiesen habt, zu halten haben. Wir andere sind nur simple Handelsleute oder Matrosen, wissen nichts vom Krieg und seinem Handwerk, haben keine Erfahrung in den Dingen, die zu wissen in unserer Lage ich für notwendig erachte, uns fehlt die Fähigkeit, das Ganze zu überblicken und im richtigen Augenblick den notwendigen Entschluß zu fassen. Ihr aber seid der passende Mann dazu und ich wüßte mir keinen besseren.«

Wie ich nun ersehen konnte, pflichteten alle Anwesenden dem Wackeren bei. Als er geendet hatte, ertönte es einstimmig um mich:

»Mynherr Siden soll unser Anführer werden!«

Nachdem ich nochmals vergeblich versucht hatte, die Leute eins Besseren zu belehren, redete ich sie folgendermaßen an:

»Da es Euer fester Wille ist, daß ich das Amt des Anführers übernehme, so will ich mich nicht mehr länger weigern, dies zu tun und wünsche nur vom ganzen Herzen, daß diese Wahl zu Euerem Vorteil ausfallen möge. Damit nun in unserem Tun eine gewisse Ordnung herrsche, ein rechtes Vertrauen zwischen Euch und mir die Grundlage für unser Zusammenarbeiten bilde, müßt ihr mir einige Bedingungen erfüllen. Das erste, was ich von Euch verlange, ist, daß ihr mir und denen, die ich mit meiner Vertretung betraue, Gehorsam schwört. Ihr müßt mir auch das Recht zuerteilen, zu strafen, wo es die Rücksicht auf die Allgemeinheit verlangt. Zweitens müßt Ihr mir die Macht geben, die gesunden und kräftigen Männer von uns für den Kriegsdienst auszubilden. Das Dritte ist, daß meine Stimme im Rate so viel gelte als die von drei anderen!«

Diese drei Bedingungen wurden mir durch Zurufen sofort bewilligt. Gleich nach der Wahl errichtete man mir in der Mitte des Lagers eine Ehrenhütte, die größer war als die anderen. Ich bat meinen Freund van der Nuyt, den ich wegen seiner Ruhe und Klugheit immer an meiner Seite haben wollte, mit mir den Raum zu teilen, worein er auch gerne willigte.

Den folgenden Tag versammelten wir uns wieder. Nach einer kurzen Ansprache erwählte ich unter allgemeiner Zustimmung Mynherr van der Nuyt zum Aufseher über unsere Güter und Mundvorräte. Den Mynherr Schwarte ernannte ich zu unserem Zeugmeister, er hatte alle Waffen und sonstigen Kriegsgeräte unter sich. Außerdem übertrug ich einem Schiffsoffizier namens Maurizius, der ein Spanier und ein sehr erfahrener Seemann war, den Oberbefehl über unsere kleine Flotte, die aus der Schaluppe, einem Boot und aus der noch zu erbauenden zweiten Pinasse bestand. Einen Engländer, der Morton hieß und einst Feldwebel in einem niederländischen Regiment gewesen war, dann einen Mynherr de Haes, einen sehr nüchternen Mann, und einen Franzosen de Bruyn machte ich zu meinen militärischen Unterbefehlshabern und übergab den beiden ersteren je eine Kompagnie.

Nach dieser Wahl war allgemeine Musterung und Zählung unseres Volkes. Wir waren 307 Männer, 3 zwölf- bis fünfzehnjährige Knaben und 74 Frauen, alle bei guter Gesundheit. Ich teilte nun die Männer nach ihren Fähigkeiten und der Vorliebe, die sie einbekannten. Mauritius bekam 26 tüchtige Bootleute nebst den drei Jungen zugewiesen: dem Mynherr Schwartz gab ich für die Bedienung der Geschütze 30 Mann. Zweihundert andere verteilte ich in zwei Kompagnien und die übrigen samt den Frauen wurden in den Dienst Mynherrs van der Nuyt gestellt. Alle gingen befriedigt auseinander und traten ihre Arbeit an.

Meine größte Sorge war die Erneuerung unserer Mundvorräte, die bedenklich zu schwinden begannen. Besonders der Mangel an Wasser ließ mich nicht ruhen und ich dachte Tag und Nacht angestrengt darüber nach, wie dem abzuhelfen sei. In der Nähe des Lagers war alles Suchen nach trinkbarem Wasser vergeblich gewesen und so entschloß ich mich, eine Schar auszurüsten, die, so weit es nur möglich war, in das Innere des Landes vor dringen sollte.

Zu diesem Zweck befahl ich Maurizius, die Schaluppe und das Boot mit Vorräten für mehrere Tage und mit. Waffen auszurüsten. Die Schaluppe sollte rechts und das kleinere Fahrzeug links die Ufer entlang fahren, während zwei Abteilungen von je 20 Mann ihnen in gleicher Richtung zu Lande folgen mußten. Herrn de Haes gab ich den Auftrag, mit 30 Mann in die Mitte des unbekannten Gebietes vorzustoßen. Nachdem ich die Aufsicht im Lager einem der Offiziere übergeben hatte, machten wir uns an einem wunderbar klaren Morgen an die Ausführung meines Planes. Ich selbst führte die Truppe an, deren Aufgabe es war, in Verbindung mit der Schaluppe das Gebiet des Ufers rechts von unserem Lager zu erforschen. Die See war von ruhigster Glätte, der Himmel wölbte sich wolkenlos wie eine gläserne Glocke über uns und, obwohl es noch sehr früh am Tage war, glühte schon die Sonne ganz gehörig auf unsere Kopfe herunter. Außer dem Rauschen der mäßigen Brandung war nichts zu hören, nicht einmal ein Vogelschrei, und wir vermeinten in einem verzaubertem Lande zu sein.

Zur Mittagszeit kamen wir an eine Bucht mit ruhigem Wasser. Hier landete Maurizius, um mir Bericht abzustatten. Er hatte ebensowenig wie ich etwas Auffälliges und Besonderes entdeckt. Wir nahmen mit ihm und seinen Leuten das karge Mittagsmahl ein, um dann nach zwei Stunden der notwendigen Ruhe in der vorhergegangenen Ordnung wieder aufzubrechen.

Der wüstenartige Charakter der Gegend wollte kein Ende nehmen. Nichts wie Sand und nackter Stein zeigte sich unseren spähenden Blicken, wenn es gut ging, war es eine Dornenhecke oder Gruppen von verkümmerten Kaktuspflanzen, die das graue, scharf in der Sonne flimmernde Einerlei unterbrachen. Weder ein Brunnen, noch das kleinste Geriesel von süßem Wasser hemmte unsere Wanderung. Wir wendeten uns nun etwa 5000 Schritte näher dem

Landesinneren zu. Da begann der bisher flache Boden leicht anzu-
steigen und in sanft geschwungenes niederes Hügelland überzuge-
hen, das stellenweise schütteres Grün zeigte.

Wir faßten Hoffnung, endlich auf das heißersehnte Wasser zu
stoßen und wirklich kamen wir gleich darauf an ein Flüßchen, das
zu unserer großen Freude Süßwasser führte und in das Meer mündete. Wir gaben unserer Schaluppe durch einen Mann Botschaft von
unserer Entdeckung. Maurizius benutzte die ansteigende Flut und
kam den Fluß heraufgefahren. Unter einer freundlichen Baumgrup-
pe beschlossen wir ein Lager aufzuschlagen und die Nacht zu verbringen. Wir waren fröhlich und guter Laune voll, denn nicht nur,
daß wir uns an dem frischen Wasser erlaben konnten, hatte Maurizius auch eine Menge Austern und Fische mitgebracht, die wir an
einem Feuer schmorten und uns schmecken ließen.

Nachdem wir Wachen ausgestellt hatten, übergaben wir uns dem
wohlverdienten Schlafe, der unsere müden Glieder bald umfing.
Des anderen Tages schickte ich drei meiner Leute in das Hauptlager
zurück, um den glücklichen Erfolg unserer Expedition zu melden
und zu sagen, daß wir gesonnen wären, noch weiter vorzudringen.
Desgleichen sandte ich fünf Mann flußaufwärts mit dem Befehl,
nach zwei Stunden an ihren Ausgangsort zurückzukehren. Als sie
wieder zurückkamen, erzählten sie, daß der Boden immer mehr zu
Bergen von geringer Höhe anstiege, doch keine Zunahme der Vege-
tation zeige. Nun hatte ich aber mit meinem Fernglas auf der anderen Seite des Flusses in nicht allzugroßer Entfernung von diesem
große, dunkle Flecken von dem Horizont sich abheben sehen, die
ich für Wälder hielt. Um mich davon überzeugen zu können, ließ
ich mich mit meinen Leuten von der Schaluppe ans andere Ufer
bringen, um in der Richtung der vermeintlichen Wälder fort zu
marschieren. Das Schiff selbst schickte ich wieder in das Meer hinaus. Das Land stieg fortwährend an und wir waren noch keine
Stunde gegangen, als ich meine Vermutung in Bezug auf die dunklen Flecken bestätigt fand und wir an einen Wald von alten mächtigen Bäumen kamen, der sich gegen die See zu erstreckte. Der Anblick des schönen Forstes erquickte unsere Augen sehr. Die Bäume
waren sehr hoch, standen nicht eng beisammen und der Waldboden
zeigte sehr wenig Unterholz, so daß wir ungehindert in seinen milden Schatten eindringen konnten. Ich beschloß dies sogleich mit

großer Vorsicht zu tun; meine Leute mußten die geladenen Musketen vom Rücken nehmen, um zu sofortiger Gegenwehr bereit zu sein. Auch ließ ich unseren Weg durch abgebrochene Äste kennzeichnen. Wir drangen so in möglichst gerader Linie in den Wald ein, den wir nach einer halben Stunde angestrengten Marsches durchquert hatten. Aus ihm heraustretend sahen wir wieder das Meer vor uns. Ein breiter Golf, von zwei Vorgebirgen begrenzt, schnitt hier in das Land ein. So viel ich ersehen konnte, war die nächste Umgebung dieses natürlichen Hafens von der angenehmsten Beschaffenheit. Hohes saftiges Gras bestand den Boden, aus dem sich freundliche Bauminseln erhoben. Der Platz erschien mir deshalb zur Errichtung eines ständigen festen Lagers auf das Beste geeignet, denn da es Monate dauern konnte, bis für uns die Befreiung aus Batavia kam, mußte es meine hauptsächlichste Aufgabe sein, uns vor den unbekannten Gefahren eines geheimnisvollen Gebietes so gut wie möglich durch die Errichtung eines befestigten Lagers, das vor allem mit gutem Wasser reichlich versehen war, zu schützen.

Vorerst schickte ich einige Leute an den Strand hinunter, um uns wieder mit Fischen und Muscheln zu versorgen. Sie kamen zu meiner großen Befriedigung mit reicher Beute zurück. Denn da wir auf den ganzen Weg hierher kein einziges Stück Wild, ja nicht einmal einen Vogel gesehen hatten, war es für mich eine große Befriedigung zu wissen, daß wir wenigstens genug Meertiere für unsere Speisekammer haben würden. Einstweilen waren auch die Kundschafter wieder bei uns eingetroffen, deren Aufgabe es war, das größere Vorgebirge zu erforschen. Sie hatten als Hauptsache in einem kleinen Tal ein Flüßchen mit süßem Wasser entdeckt. Nun schickte ich zuletzt noch eine Schar meiner Leute aus, das andere Vorgebirge zu durchstreifen. Sie waren schon mehrere Stunden fort, der Abend begann sich äußerst rasch nieder zu senken, als wir plötzlich den scharfen Hall mehrerer ferner Schüsse hörten. Wir erschraken sehr, glaubten wir doch nichts anderes, als daß die Abwesenden auf Eingeborene der Insel gestoßen und von diesen angegriffen worden wären. Auf das Rascheste ordneten wir unsere Waffen, um ihnen zu Hilfe zu kommen, und waren eben im Begriff, den Abhang, der uns von dem Vorgebirge trennte, hinunter zu eilen, als wir die Vermißten zu unserer großen Freude aus dem

Wald treten sahen. Bei uns angekommen, erzählten sie mir jubelnd, daß sie in den Wäldern drüben auf ein starkes Rudel Hirsche gestoßen seien. Eingedenk unserer Fleischnot hätten sie sogleich Jagd auf sie gemacht und zwei mit glücklichen Schüssen zur Strecke gebracht. Von den erlegten Tieren brachten sie vier mächtige Stücke mit. Sofort sandte ich nun 3 Mann zu Maurizius und bat ihn, die Schaluppe in den von meinen Leuten am Vormittag entdeckten Hafen zu steuern, zu dem ich mich selbst mit der Mannschaft begab. Meine Kundschafter hatten von diesem Ort nicht zu wenig berichtet. Er konnte es an Lieblichkeit mit den schönsten Orten meiner Heimat aufnehmen und mein Vorsatz, unser Lager hierher zu verlegen, wurde durch alles, was ich sah, zum festen Entschluß. Indes ich die Gegend abschritt, brieten meine Leute an einem Feuer Teile der erlegten Hirsche. Das Fleisch war von herrlicher Zartheit und wir hielten mit dem einstweilen angekommenen Maurizius und seinen Leuten eine fröhliche Schmauserei ab.

Nach einer auf weichem Mooslager ruhig verbrachten Nacht, in der ungezählte Sterne wie Riesenlaternen über uns hingen, standen wir in aller Frühe neugekräftigt auf, brachen das Lager ab und schritten tüchtig aus, um unseren Schicksalsgenossen die frohe Botschaft von der wild- und wasserreichen Gegend zu bringen. Nach meinem Bericht war alles damit einverstanden, an dem so günstig gelegenen Ort das ständige Lager zu bauen.

An diesem Vormittage kamen auch Morton und de Haes zurück. Ersterer war an dem anderen Ufer entlang wohl an die drei Meilen marschiert, hatte aber nur sandigen Boden ohne jede Spur Wassers vorgefunden. Des anderen Tages hatten sie ihre Reise nach Westen verfolgt, waren durch ein ausgedörrtes steiniges Land gekommen, um endlich auf einen breiten Fluß mit starkem Gefälle zu stoßen. Ermattet von der anstrengenden Wanderung durch Sand und Stein stürzten sie sich alle in den Strom, um ein Bad zu nehmen, erschraken aber nicht wenig, als sie plötzlich von zwei mächtigen Krokodilen angegriffen wurden. Zu ihrem Glück hatten einige schon wieder das Wasser verlassen. Durch das Geschrei ihrer Kameraden auf deren große Gefahr aufmerksam gemacht, schossen sie ihre Musketen auf die Untiere ab, die von dem gewiß noch nie gehörten Hall der Schüsse erschreckt in die Mitte des Flusses zurückflüchteten. So waren die Leichtsinnigen mit dem bloßen Schrecken davongekommen. Da ihre Lebensmittel zu Ende gingen und der trostlose Wüstencharakter des Landes sich noch viele Meilen weit zu erstrecken schien, waren sie umgekehrt.

De Haes wieder war mit seinen Leuten am ersten Tage 6 Meilen weit in die Mitte des geheimnisvollen Landes vorgedrungen und hatte auf einem mäßigen Berg, der mit magerem Heidekraut bedeckt war, übernachtet. Beim Aufgang der Sonne umschloß sie ein dichter Nebel, der sich nur langsam verzog. Als sie dann eine halbe Meile gegangen waren, standen sie vor einem See, der wohl 2 Meilen breit war. Seine Ufer waren dicht mit Schilfrohr und niederem Gestrüpp bewachsen, in denen sich viele Wasservögel aufhielten, die bei ihrem Nahen ein ohrenbetäubendes Geschrei erhoben. De Haes erstieg den niederen Gipfel eines Berges, der wie ein Zuckerhut geformt aus der flachen Gegend aufstieg. Von da aus sah er in nicht allzugroßer Ferne mächtige Wälder, die aber der breite See von ihnen trennte. Diesen zu umgehen getraute er sich nicht, da links und rechts morastiger Boden gemeldet wurde, in dem die Leute oft bis zu den Knien einsanken. So gab auch er den Befehl zur Umkehr.

Nun arbeitete alles, was Hände und Füße hatte, an dem Verlegen des alten Lagers. Die Zimmerleute trachteten eifrigst, mit dem Bau der zweiten Pinasse fertig zu werden, die wir für den Transport der Geschütze, Weinfässer und anderer schwerer Gegenstände benötigten, Indes fuhren die Schaluppe und das Boot zwischen unserem alten und neuen Lagerort hin und her, um die Lebensmittel, Gewehre und Dinge jeder Art und Nutzens herüberzubringen. Und ein großer Teil von uns war schon an der von mir entdeckten schönen Meeresbucht mit allen Kräften tätig, auf der von mir bezeichneten Stelle aus Baumstämmen eine Anzahl fester Hütten aufzuführen. Ich selbst wartete die Fertigstellung der Pinasse ab, mit der ich dann an unserem neuen Zufluchtsort anlangte.

Der Bau unseres Hauptlagers war schon tüchtig fortgeschritten. Entlang des Flußufers, bei seiner Mündung beginnend, so daß wir im Rücken vom Meer geschützt waren, erhoben sich schon eine ganze Anzahl von Wohnhütten und Speichern. Da die Luft wegen der Seenähe wohl temperiert war und wir, dank des Fischreichtums, uns gründlich anessen konnten, ging die Arbeit rasch vonstatten. In drei Tagen sah ich von der Anhöhe im Süden des Golfes eine kleine Stadt liegen mit Graben, Erdwällen und widerstandsfähigen Palisaden wohl versehen, ja sogar mit einem hübschen Glockenturme in der Mitte, auf dessen Spitze die holländische Flagge wehte. Trotz meines Widerspruches erhielt sie in der Ratsversammlung den Namen Sidenburg.

An Nahrung fehlte es uns nun nicht mehr. Beinahe alle Tage wurden in den nahen Wäldern ein oder zwei Hirsche geschossen, dazu gab es Fische und Schaltiere in Hülle und Fülle, die wir, nachdem Maurizius eine erträgnisreiche Salzstelle entdeckt hatte, in Menge einpökelten.

Wir sahen auch sehr viele Seevögel, doch blieben sie, besonders am Abend, nie an der Küste, sondern flogen in das Meer hinaus, wo sie unseren Blicken entschwanden. Dies gab uns die Vermutung von dem Vorhandensein anderer Inseln. Dem abenteuerlich gesinnten Maurizius gab dies keine Ruhe. Auf meine Erlaubnis hin rüstete er die kleine Schaluppe aus und begab sich mit ein paar Mann Besatzung auf Entdeckungsreisen. Richtig kam er auch eines Tages mit der Kunde zurück, in der Entfernung von drei Seemeilen mehrere kleine Inseln entdeckt zu haben, die einer sehr großen vorlagerten. Er brachte auch eine große Menge Vogel- und Schildkröteneier mit, da er auf einer dieser Inseln auf die Nistplätze der Seevögel und Ansiedlung der Schildkröten gestoßen war. Die Eier kamen uns sehr gelegen und brachten Abwechslung in unsere etwas eintönige Speisenfolge.

Der Sorge um die Ernährung so vieler Menschen enthoben, fing nun eine andere mich und meine Offiziere zu bedrücken an. Unser Schießpulver begann immer weniger und weniger zu werden. Desgleichen machte uns die Abnützung unserer Kleider, Waffen und Werkzeuge viel Sorge. Wer konnte wissen, wie lange wir noch von der Welt abgeschnitten waren, ob die Pinasse, die wir nach Batavia schickten, nicht untergegangen war und wir vergebens auf Rettung warteten, nicht nur Monate, sondern vielleicht Jahre lang. Allem Anscheine nach befanden wir uns auf einer Insel, die weitab von jedem Schiffsverkehr auf einer der einsamsten, nie von einem Schiff befahrenen Gegenden des Weltmeeres lag. Mir wurde oft ganz dunkel vor den Augen, wenn ich an die schreckliche Möglichkeit dachte, hier in dieser Einöde, ferne von allen schönen und angenehmen Dingen der bewohnten Erde, ein halbes oder gar ganzes Leben verbringen zu müssen. Doch hieß es, sich in Geduld zu fassen, das Beste erhoffen und für das mögliche Böse Vorbereitungen treffen, damit es uns nicht wehrlos vorfände.

Inzwischen war der Sommer in voller Blüte, wir sammelten Beeren, Schwämme, eßbare Wurzeln, mit denen wir unsere Vorratshäuser bis an die Dächer hinauf füllten. Von unserem Schiffsproviant waren uns noch einige Fässer mit Erbsen, Bohnen und Linsen übriggeblieben, von welchen Hülsenfrüchten ich, da ich einen sehr milden Herbst und beinahe keinen Winter für diese Gegend erhoffte, noch einen Teil aussäen lassen wollte. Zu diesem Zweck ließ ich in der Nähe des Lagers ein Stück Land im Umfange von mehreren Morgen urbar machen.

Eines Tages hatten einige von uns in einem der benachbarten Wälder einige Hirsche geschossen, von denen sie zwei, ausgeweidet, an einen Ast hingen, um sie später zu holen. Als sie nun dies am nächsten Tage tun wollten und an den Ort kamen, wo sie die zwei Hirsche zurückgelassen hatten, sahen sie sich zu ihrem nicht geringen Schrecken einem Tiger gegenüber, der sich über einen der Hirsche gemacht hatte und aus dem Kadaver mächtige Fetzen Fleisch riß, die er schmatzend verschlang. Meine Leute suchten eiligst hinter den nächsten Bäumen Deckung und schossen auf das aufgeschreckte, wild herumfauchende Tier ihre Musketen ab, die zum Glück mit guten Kugeln geladen und in den Händen trefflicher Schützen waren, deren Hände, wie aus Eisen, nicht zitterten. So fiel das Untier tötlich getroffen zu Boden, wo es unter schrecklichem Brüllen verendete. Die glücklichen Jäger zogen ihm das prachtvoll gesprenkelte Fell ab und brachten es mit den Resten der Hirsche ins Lager, wo es und die erklärende Erzählung seiner Besitzer nicht wenig Aufsehen erregte.

Mir selbst gab das Abenteuer meiner Jäger viel zu denken. Es gab also auch wilde Tiere hier, die uns gefährlich werden konnten. In einem unbeachteten Augenblick, vielleicht des Nachts, konnte eine dieser Bestien die Wälle und Zäune überspringen und Unheil über uns bringen. Ich ließ deshalb die Palisaden um ein so großes Stück erhöhen, daß es der größten und mutigsten Katze wohl nicht mehr möglich sein konnte, darüber zu setzen. Dann gab ich den strengen Befehl, daß außerhalb des Lagers in einer gewissen Entfernung niemand unbewaffnet sein dürfe und die in den Feldern arbeitenden Frauen und Männer von einer Wache beschützt werden müßten.

Das erste Viertel eines Jahres neigte sich dem Ende zu, seitdem wir an diese unbekannte und, wie es von Tag zu Tag immer mehr den Anschein gewann, auch völlig unbewohnte Insel verschlagen worden waren. In eifrigster Arbeit vom Morgen bis zum Abend lebend, jeder von uns bedacht darauf, sein Möglichstes zu leisten, um uns vor Hunger oder plötzlichen Überfällen wilder Tiere und Menschen zu schützen, hatte keiner von uns Zeit und Lust, den Frieden und die Eintracht zu stören, die unter uns herrschten. Die Ratsversammlungen erledigten das Vorgebrachte mit seltener Ruhe und Einmütigkeit, alle fügten sich ohne Murren den Lagergesetzen, jeder Gegensatz schien zwischen uns ausgelöscht, es gab keinen Streit, noch viel weniger eine Widersetzlichkeit und es herrschte eine gegenseitige Milde und Nachgiebigkeit, wie zur paradiesischen Zeit unter den Tieren.

Dieser nicht genug zu lobende Zustand sollte sich leider Gottes bald in das Gegenteil verwandeln. Mit der Zeit machte sich zuerst unter meinen Leidensgefährten eine gewisse Sorglosigkeit breit. Die Furcht vor einem feindlichen Überfall war beinahe ganz verschwunden, da unsere Späher, so weit sie auch vorgedrungen waren, nicht die kleinste Spur eines menschlichen Lebewesens hatten entdecken können. Und da auch nun Fleisch, Eier und Früchte aller Art reichlich vorhanden waren, schwand auch die Sorge für die tägliche Nahrung und die Herzen und Gehirne wurden für andere Dinge frei. Dazu gab es für so viele Menschen viel zu wenig Arbeit. Zur Untätigkeit verdammt, fingen sie sich mit dem Tun und Lassen ihrer Kameraden zu beschäftigen an, Neid und Bosheit begannen ihre züngelnden Schlangenköpfe zu erheben, die Tratschsucht ging wie eine Seuche um und nicht lange sollte es mehr dauern, daß ich den gefürchteten Unfrieden im Lager hatte. Die Streitigkeiten, die ich zu schlichten hatte, wuchsen von Tag zu Tag an und gaben mir mehr zu schaffen, als die sonstigen Lagergeschäfte.

Da die Zeit herangekommen war, wo nach der Berechnung der Schiffsoffiziere ein Schiff von Batavia aus zu unserer Rettung eintreffen konnte, befahl ich einigen Männern, einen der turmhohen Bäume umzuhauen, an den von den Ästen befreiten Stamm ein großes weißes Segel zu befestigen und diese Fahne auf der höchsten Spitze des Vorgebirges aufzurichten. Desgleichen mußte nun alle Nächte hindurch auf einem Felsvorsprung, der wie eine Riesenhand ins Meer hinausragte, ein mächtiges Feuer unterhalten werden.

Wir glaubten auf das Zuversichtlichste an unsere baldigste Erlösung von der Insel, denn die Pinasse mußte schon seit Wochen in Batavia abgekommen sein und den dortigen Gouverneur veranlaßt haben, uns sofort ein Schiff zu unserer Befreiung zu senden, das jeden Tag eintreffen konnte.

Da fiel auf einmal schlechtes Wetter ein. Stürme brausten über Meer und Land, ununterbrochen strömte Regen herunter und dies dauerte ganze drei Wochen lang. Wir saßen in den Hütten und starrten in das Unwetter hinaus, das, je länger es dauerte, desto mehr von der Hoffnung in uns auf das Ankommen des Erlösungsschiffes vernichtete. Nachdem wieder schönes Wetter geworden war, fingen wir, da wir doch nur schwankende Menschen waren, wieder zu hoffen an. Aber Woche um Woche verging. Monat reihte sich an Monat und es wollte sich am Horizonte nichts von winkenden Segeln zeigen. Nun mußte sich selbst der Hoffnungsvollste von uns sagen, daß wir vergeblich warteten, die Pinasse wohl mit Mann und Maus untergegangen oder Seeräubern in die Hände gefallen war und kein Mensch in der fernen, lauten Welt da draußen unseren Aufenthalt wußte. Von Freunden und Verwandten als tot betrauert, lebten wir auf einer unbekannten, einsamen Insel wie Gespenster, die im anderen Leben keine Schatten werfen und dennoch vorhanden sind.

Meine Offiziere und ich hatten nun die größte Beredsamkeit aufzuwenden, um die eingetretene Mutlosigkeit unserer Leidensgefährten erfolgreich zu bekämpfen und an Stelle ihrer Verzweiflung eine ruhige und gefaßte Betrachtung unserer Lage hervorzurufen. Nun hieß es ja für uns, ganz auf unsere Kraft zu vertrauen und auf die Hilfe des Ewigen, der uns bisher so augenscheinlich beschützt und geholfen hatte.

Nach dem wochenlangen Unwetter war es furchtbar heiß geworden, tropische Glut stürzte aus der Sonne und selbst die kühlen Schatten der Wälder waren erfüllt von einem dampfig-heißen Hauch. Der Boden um unsere Lager wußte nicht, was er alles an Gräsern und Früchten hervorbringen sollte. Wie durch ein Zauberwort hervorgerufen, blühte und wuchs es vor unseren Augen in üppigster Fülle. Auch unsere Hülsenfrüchte und was wir sonst an Gemüse und Brotfrüchten gesät hatten, versprachen eine überreiche Ernte. Der Golf wimmelte von den schmackhaftesten Fischen, von denen wir schon viele Fässer voll eingepöckelt hatten. Da unsere mitgebrachten Netze zu zerreißen anfingen, stellte ich Frauen zum Aufdrehen einiger Schiffsseile an, aus welchen Fasern ich neue Netze stricken ließ.

Dagegen wurde der Wildreichtum der nahen Wälder von Tag zu Tag geringer und oft kamen die Jäger mit leeren Händen heim. Gewiß hatten sich die Tiere von den Schüssen erschreckt in die fernliegenden Wälder zurückgezogen, die wir wie dunkle Häuserzeilen in der Dämmerung hinter den Bergen, die uns umgürteten, an dem Rande des Horizonts angelehnt sahen. Maurizius wünschte nichts sehnlicher, als diese Wälder erforschen zu dürfen. Ich gab seinen immer wiederkehrenden Bitten nach. Mit 10 Mann, auf das Beste ausgerüstet, machte er sich eines Tages von dannen. Eine volle Woche blieb er aus. Als er wieder heimkam, brachte er eine Menge Hirsch- und Rehfleisch mit, von welchen Tieren es dort nur so wimmeln sollte. Er hatte auch einen neuen, ziemlich tiefen Fluß entdeckt, um den herum die herrlichsten Wälder standen. Er riet mir, in dieses Tierparadies eine größere Anzahl Leute zu senden, um Fleisch zu machen. Ich folgte seinem Rat und sendete 50 Männer in die fernen Wälder, die etwa 5 Meilen von unserem Lager entfernt lagen. Da sie mehrere Wochen dort verbringen sollten, schlugen sie an einem ihnen geeignet erscheinenden Ort Bäume um und errichteten einige Hütten. Sie schossen nun nicht nur Hirsche und Rehe, sondern auch eine Art Schweine, größer als die wilden unserer Heimat und sehr schmackhaft im Fleische.

Indes hatte der unruhige Maurizius schon wieder ein neues Ziel für seine abenteuerlichen Gelüste gefunden. Tag und Nacht lag er mir in den Ohren, ich möge ihm die Erlaubnis zur Erforschung der großen Insel geben, die hinter den Vogel- und Schildkröteninseln nach der Erzählung unseres Morton liegen sollte. Um ihn los zu werden, gab ich ihm 20 Mann, mit denen er sich auf die Schaluppe begab und in die See stach. Dort, wo er auf der großen Insel landen konnte, war der Boden steinig und mit Sand bedeckt; gegen das Innere zu stießen Morton und seine Gefährten aber auf weite Grasweiden, auf denen sie viele Hirsche und anderes Wild vorfanden. Die Tiere waren seltsam zahm, und zutraulich ließen sie die Menschen bis auf wenige Schritte an sich heran kommen. Sie durchquerten die ganze Insel, stießen nirgends auf eine menschliche Spur und schlossen aus diesem Umstand wie auch aus der Zahmheit der Tiere, daß die Insel völlig unbewohnt sei. Ich hörte mit Befriedigung seinen Bericht über das Ergebnis der Expedition an. Würden wir ja einmal von plötzlich auftauchenden Eingeborenen angegriffen, so konnten wir uns von dieser Insel aus mit frischem Fleisch versorgten und wenn die Übermacht des Feindes zu groß sein sollte, uns auf dieses nur zwei Meilen entfernte Eiland flüchten.

Der kühne und unternehmungslustige Maurizius wurde der Held des Lagers. Seine Erlebnisse wurden, gehörig ausgeschmückt, wiedergegeben. Überall sang man sein Lob und trieb ihn dadurch zu neuen Abenteuern an. Zum Glück für sich und die anderen war er aber nicht nur ein tollkühner Mann, der vor nichts zurückschreckte, sondern er war auch so ehrlich, fleißig und verständig, wie er beherzt, ehrgeizig und rasch vom Entschluß war.

Eines Tages machte er mich darauf aufmerksam, daß sich der Golf sehr weit gegen Süd-Osten erstreckte und er dort die Mündung eines großen Flußes vermute. Er halte es für angebracht, nachzuforschen, ob diese seine Vermutung auf Wahrheit beruhe. Ich pflichtete ihm bei und ermächtigte ihn, diese Expedition zu unternehmen. Schon anderen Tages war er reisefertig und segelte von unseren guten Wünschen begleitet die Küste gegen Süd-Ost hinunter. Während seiner Abwesenheit hielten wir große Ernte unter den Hülsenfrüchten, die prächtig gediehen waren. Den größten Teil davon dörrten wir und hoben ihn in Kisten für die rauhe Jahreszeit auf, der wir nun, mit Früchten, getrocknetem Fleisch, eingepöckelten Fischen und Brennholz reichlich versehen, ruhig entgegensehen konnten.

Nachdem schon zehn Tage seit der Abreise unseres kühnen Genossen verstrichen waren, ohne daß wir von ihm und seinen Leuten irgend eine Kunde bekommen hätten, fingen wir uns um die Tapferen zu sorgen an.. Auch hätte uns der Verlust der zwar kleinen aber seetüchtigen Schaluppe in eine üble Lage gebracht. So harrten wir voller Angst und von bösen Ahnungen geplagt auf die Rückkehr oder wenigstens ein Lebenszeichen der Vermißten. Doch Tag um Tag verging, ohne daß sie selbst oder eine Nachricht von ihnen uns von der Unruhe über ihr Verschwinden, das uns immer mehr Sorge einflößte, befreit hätten.

Nach vierzehn Tagen ihrer Abwesenheit betrauerten wir unsere armen, tapferen Gefährten als die Opfer eines Unfalles. Vielleicht war die kleine Schaluppe der Tücke der See zum Opfer gefallen und ihre Besatzung elend ertrunken. Oder waren die kühnen Leute zu weit vorgedrungen und umherstreifenden Wilden in die Hände gefallen. Auf alle Fälle wollte ich über ihr Schicksal Gewißheit haben und rüstete eine Schar Männer aus, die unter der Leitung de

Haes auf dem Landwege den Vermißten nachforschen sollten. Ich war eben im Begriff, die kleine Schar zu mustern, als vom Strande her Jubelrufe und laute Freudenschreie ertönten. Mich umdrehend, bemerkte ich zu meiner unaussprechlichen Freude über den Hüttendächern die Wimpel der Schaluppe wehen. Gleich darauf führte man mir im Triumph Maurizius entgegen. Nachdem wir uns auf das herzlichste die Hände geschüttelt und umarmt hatten, bat er mich, ihm an den Strand zu folgen. Dort angekommen sah ich zu meiner großen Verwunderung neben der Schaluppe zwei etwas größere Schiffe liegen, während im Golfe draußen eine größere Anzahl kleiner Segler mit schneeweißen Segeltüchern wie stolze Schwäne sich langsam dem Hafen nahten. Maurizius weidete sich an meinem und des übrigen Volkes großen Erstaunen. Mittlerweile war von dem einen der Schiffe ein Boot abgestoßen, dem, als es am Ufer angelangt war, ein großer, schön gewachsener Mann entstieg. Er war mit einem sackähnlichen schwarzen Rock bekleidet, trug einen kegelförmigen Hut von gleicher Farbe auf dem Kopf und schwenkte zum Zeichen des Friedens eine weiße Fahne. Hochaufgerichtet kam er würdigen Schrittes auf mich zu, der ich mir das plötzliche Erscheinen der vielen Schiffe und des seltsamen Mannes nicht zu deuten wußte. Nun beeilte sich Maurizius. mir das Notwendigste zu erklären, und teilte mir eiligst mit, daß der auf uns zukommende Mann der Vize-Gouverneur einer großen Stadt sei, die ungefähr 40 englische Meilen von hier liege. Er wäre dort mit großer Freundlichkeit aufgenommen worden, hätte eine Unmenge der interessantesten Dinge gesehen und sei der festen Meinung, daß ein gutes Einvernehmen mit den Bewohnern der fernen Stadt für uns von allergrößtem Nutzen sein würde. Deshalb bäte er mich, diese Gesandtschaft freundlichst und mit Ehren aufnehmen zu wollen.

Mittlerweile war der Vize-Gouverneur bis auf wenige Schritte in meine Nähe gekommen. Da blieb er stehen, hob seine rechte Hand zum Himmel und sprach in fließendem Holländisch:

»Der ewige und unfaßbare Gott segne Dich und Dein Volk. Die Sonne, Gottes größter Diener und unser glorreicher König scheinen lieblich und voll Gnade über Euch und dies Land, unsere Heimat sei Euch wohl gesinnt mit seinem Wasser, seiner Erde und allem, was darauf wächst, läuft und darüber hinfliegt!«

Daraufhin reichte er mir die Hand, die ich herzhaft drückte, dann umarmten wir uns und küßten uns gegenseitig auf die Stirne. Nach dieser Begrüßung bat ich ihn, das Lager besichtigen zu wollen, bei welcher Gelegenheit ich ihm meine Unteranführer vorstellte. Nachdem er sich alles eingehendst angesehen und mir manches Lob gespendet hatte, sagte er:

»Ich habe von Deinem tapferen Gefährten von Euerem Unglück vernommen, und da ich den Eindruck erhielt, daß Ihr nicht nur mutige, sondern auch redliche Menschen seid, habe ich den Entschluß, Euch zu besuchen und mich Euerer Freundschaft zu empfehlen. Ich glaube und hoffe sehr, daß Ihr mir sie nicht verweigern werdet. Da ich aber von der Reise etwas müde bin, bitte ich Euch, mich der Ruhe zu überlassen. Indes wird Euch Herr Maurizius Bericht über seine Reise erstatten und von dem erzählen, was er bei uns gesehen hat!«

Ich bekräftige mit einigen Worten die Freundschaft, die ich für ihn und sein Volk fühlte, dankte ihm für die seine von ganzem Herzen und begleitete ihn bis zum Strande, wo ihn sein Boot erwartete. Dann begab ich mich, voll Ungeduld Maurizius' Geschichte seiner Abenteuer zu hören, in meine Hütte, wo er und meine Offiziere sich schon versammelt hatten.

Nachdem wir uns gesetzt und unsere Pfeifen angezündet hatten, nahm Maurizius das Wort.

Es sind nun beinahe drei Wochen her, seit ich mit meiner Mannschaft Sidenburg verließ mit dem festen Vorsatz, so weit es die Verhältnisse und unsere Kräfte zuließen, das Land im Südosten des Golfes zu erforschen. Den ersten Tag legten wir ungefähr 4 Seemeilen zurück, als wir am Ufer große Wälder auftauchen sahen, aus deren dunklem Grün ein ziemlich breiter Fluß silbern dem Meere zuströmte. Kurz entschlossen fuhren wir in ihm ein und warfen, da es Abend wurde, ungefähr eine Meile von seiner Mündung stromaufwärts Anker. Des anderen Tages fuhren wir mit Hilfe der Ruder den immer enger werdenden Fluß hinauf, der sich auf einmal nach stundenlanger anstrengender Fahrt zu einem mächtigen See erweiterte, dessen gegenüber liegende Ufer nicht zu erblicken waren. Wir kamen an einem halben Dutzend kleiner Inseln vorbei, die alle einen dichten und hohen Waldbestand zeigten. Der Wind hatte sich völlig gelegt und das bleichgrüne Wasser des Sees bewegte sich kaum in winzigen Wellen. Still war es um uns und wir hatten den Eindruck, als wären wir Gestorbene und führen über den Totensee. Gegen Abend erhob sich ein schwacher Wind, der die müden Ruderleute unterstützte und uns nach Süd-Osten trieb. Erst als es schon stark dunkelte, warfen wir im Schutze zweier Inseln, die wir am nächsten Morgen besichtigen wollten, Anker. Dem geringen Umfang der Inseln nach zu schließen, glaubten wir sie unbewohnt und verbrachten die Nacht in aller Ruhe und ohne Furcht vor einem Überfall durch Eingeborene, von denen wir bisher trotz aller Aufmerksamkeit nicht die geringste Spur entdeckt hatten. Wir hatten uns aber gewaltig getäuscht, denn kaum, daß der Morgen graute, wurde ich von den Schreckensrufen einiger meiner Gefährten geweckt. Hastig sprang ich vom Lager auf und sah unser Schiff von 10 oder 12 größeren Fahrzeugen, auf denen ich viele bewaffnete Männer ausnehmen konnte, umringt. Zu meiner unaussprechlichen Bestürzung sah ich, daß hier ein Kampf vergeblich war und wir uns auf Gnade oder Ungnade den fremden Männern ergeben mußten. Doch meine tapferen Leute wollten davon nichts wissen und begehrten stürmisch, sich bis auf den letzten Mann verteidigen zu dürfen. Denn, so sagten sie, ein ehrlicher Tod durch einen Pfeil oder Schwerthieb ist uns lieber, als vielleicht langsam zu Tode gemartert zu werden oder als Sklave wilden, grausamen Menschen zu dienen. Ich mußte ihnen als Mann recht geben und so machten wir das Deck klar zum Gefecht. Indes waren die feindlichen Schiffe bis auf die Entfernung eines Musketenschusses herangekommen. Nun blieben sie plötzlich still liegen, ausgenommen ein kleines Boot, darin wir nur einen Menschen gewahrten, der, zum Zeichen, daß er mit uns reden wolle, einen Baumzweig schwang. Wenige Ruderschläge von uns entfernt machte er eine tiefe Verbeugung und sprach zu unserer nicht geringen Überraschung auf spanisch, daß wir uns nicht zu fürchten brauchten, uns würde keinerlei Leid geschehen. Sie wären ein hochgesittetes Volk, das die Gastfreundschaft gegen friedliche Fremde als hohe Tugend pflege. Dann wollte er wissen, welcher Nation wir angehörten und als ich ihm sagte, daß die meisten von uns Holländer wären und wir auch unter der Flagge dieses Reiches segelten, zeigte er sich sehr erfreut und bat, unser Schiff betreten zu dürfen, um mit uns des näheren bekannt zu werden. Sein offenes, würdevolles Wesen flößte uns solches Zutrauen ein, daß wir gegen seinen Besuch nichts einzuwenden hatten.

An Bord unseres Schiffes konnte ich nun sein Äußeres näher betrachten. Er war ein wohlgebauter Mann in den fünfziger Jahren mit einem klugen europäischen Gesicht. Bekleidet war er mit einem grellroten Kaftan, der ihm bis an die Kniee reichte, einer gleichfarbigen Tütenmütze und um den Leib trug er eine gelbe, reichgestickte Schärpe. Als ich mich ihm als Befehlshaber der Schaluppe vorstellte, umarmte er mich, indem er sagte: Er freue sich ungemein, uns in seinem Lande willkommen heißen zu dürfen. Darauf drückte er sein Erstaunen aus, daß wir mit einem so kleinem Schiff, wie es unsere Schaluppe war, die Fahrt hierher hatten unternehmen können. Er glaubte nämlich, daß wir von hoher See aus gekommen wären. Um ihn aufzuklären, erzählte ich ihm von dem Untergang des »goldenen Drachen« und unseren bisherigen Abenteuern. Er hörte mir mit großer Teilnahme zu, äußerte seine Freude über die Rettung sämtlicher Matrosen und Passagiere und versicherte mich aufs neue seiner und seines Volkes Freundschaft. Darauf zeigte er sich sehr begierig, etwas über die europäischen Verhältnisse, wie sie zur Zeit unserer Abfahrt bestanden hatten, zu erfahren. Bereitwilligst teilte ich ihm mit, was ich von den Einrichtungen der einzelnen Staaten und ihren politischen Verhältnissen zueinander wußte. Er dankte mir für meine Mitteilungen und sagte mir mit einem feinen Lächeln, daß wir in ein Reich gekommen wären, das sich einbilde, bessere Gesetze und Einrichtungen, die seinen Einwohnern zugute kämen, zu besitzen, als alle europäischen Staaten zusammengenommen. An der Hilfe, die er uns im größten Ausmaße anbiete, und an den Dingen, die unsere Augen zu sehen bekämen, würden wir uns bald von der Wahrheit seiner Worte überzeugen können. Auf meine Bitte, mir den Namen dieses glücklichen Reiches nennen zu wollen, sagte er, daß dieses in ihrer Sprache Sporonde heiße und seine Einwohner sich Sporonen nennen. Sporonde sei aber nur der Teilstaat eines mächtigen Reiches, das Sarambi genannt werde und dessen gewaltige Hauptstadt den Namen Sevarinde führe. Die viel kleinere Hauptstadt Sporondes hieße aber gleich dieser Provinz. In diese Stadt wolle er uns nun bringen und wir sollten uns bereit machen, ihm zu folgen. Seine letzten Worte erweckten mein schlummerndes Mißtrauen, ich dachte an einen Hinterhalt, den man uns stellte, und mochte wohl deshalb ein etwas ängstliches und unentschlossenes Gesicht gemacht haben, denn mein Gast richtete sich plötzlich auf und sprach in edler Würde:

»Ich habe Euch bereits gesagt, daß ihr von uns nicht das Geringste zu befürchten habt. Ich wiederhole dies noch einmal und versichere Euch bei dem Andenken meiner in das Sonnenreich eingegangenen Eltern, daß Euch kein Leid geschehen soll, wenn Ihr Euch nicht aus Unklugheit zu einer feindseligen Tat gegen uns hinreißen laßt. Ich hoffe aber sehr, daß Ihr in uns etwas anderes seht, als wilde Barbaren und unserer Versicherung, nur Euer Gutes zu wollen, Glauben schenkt!«

Ich sah auf diese seine Rede hin ein; daß es das Beste sei, ihm zu vertrauen und teilte ihm mit, daß ich und meine Schar kein Bedenken mehr trügen, unser weiteres Schicksal in seine Hände zu geben. »Wir sind arme, unglückliche Leute,« sagte ich ihm, »die ein wideriges Schicksal an eine fremde Küste warf. Wir bitten Euch um Eure großmütige Hilfe, für die wir schon jetzt unseren heißesten Dank abstatten wollen.«

»Ihr sollt Euch in uns nicht täuschen,« antwortete er, »unsere ganzen Hilfsmittel sollen Euch für die Rückkehr in die Heimat zur Verfügung stehen. Vorher aber sollt ihr erst unser Land kennenlernen. Das wird Euch, wie ich glaube, viel Nutzen bringen, denn Ihr werdet Dinge und Einrichtungen sehen, von denen Ihr bisher keine Ahnung hattet.«

Auf ein Zeichen, das er nun mit einer kleinen Hornpfeife gab, näherte sich uns ein zweites Boot. Es legte bei der Schaluppe an und ihm entstiegen zwei ähnlich dem Unterhändler gekleidete Sporonen, die Wein, herrliche Trauben, Datteln und schneeweißes Brot nebst einer Art Kokosnüsse in großen Körben mitbrachten. Karchis – mit diesem Namen hatte sich mir der würdige Sporone vorgestellt – ich und meine Leute setzten uns nun zusammen und hielten eine friedliche Mahlzeit ab, wobei mir Karchis in reinstem Holländisch viele merkwürdige Dinge über das Reich Sarambi erzählte.

Nachdem wir nach dem Essen ein wenig geruht hatten, gab Karchis den zwei größten Schiffen seiner Flotte den Befehl, uns in Schlepptau zu nehmen. Erst am späten Nachmittag bemerkten wir, wie der See wieder enger wurde, bis wir schließlich wieder einen breiten Flußlauf vor uns hatten, den wir bei günstigem Wind schnell hinauffuhren. Was wir an Land erblickten, zeigte uns Wald und Feld in reicher Folge und in üppigem Baum- und Graswuchs. Am frühen Abend noch kamen wir in bewohnte Gegenden. Häuser und Menschen wurden an den beiden Ufern sichtbar, die plötzlich in hohe, steinerne Dämme übergingen und von mächtigen Türmen gekrönt waren. Wir waren in Sporonde, der Hauptstadt der gleichnamigen Provinz, angekommen.

Ein schnelles Ruderboot war uns vorausgeeilt und hatte die Einwohner von unserem Kommen benachrichtigt, so daß wir, als die Schiffe in die mächtige Hafenanlage einfuhren, eine gewaltige Menge Volkes erblickten, die uns erwartete.

Karchides trat zuerst ans Land und begab sich zu einer kleinen Schar schwarzgekleideter Männer, mit denen er eine Weile redete. Dann winkte er uns zum Zeichen, daß wir ihm folgen sollten, was wir auch taten. Da ich in der Gruppe Schwarzgekleideter hohe Würdenträger des Staates oder der Stadt vermutete, verbeugten wir uns, bei ihnen angekommen, dreimal vor ihnen. Sie grüßten gleichfalls mit einem würdigen Senken des Hauptes und der Vornehmste von ihnen – er trug eine Kette schwarzer Edelsteine um den Hals – trat auf mich zu, umarmte mich, küßte mich auf die Stirne und sagte mit weithin hörbarer Stimme:

»Seid auf das herzlichste willkommen zu Sporonde. Der ewig goldene Gott da oben segne Euren Eintritt in diese seine Stadt!« Hierauf bat er uns, ihnen zu folgen und wir schritten mit ihnen an dicht gedrängten Reihen tausender Neugieriger vorbei durch ein mit wunderbaren Bildwerken geschmücktes Riesentor in die Stadt. Eine schöne breite Straße tat sich vor uns auf, die von vielen beinahe ebenso breiten Straßen durchschnitten wurde. Auf unserem Wege konnten wir die herrlichsten Gebäude bewundern. Eines der schönsten mit einem kunstvollen Portal tat seine Pforten vor uns auf. Auch innen war es auf das prächtigste ausgestattet. Breite, mit Skulpturen geschmückte Gänge führten an vielen Zimmern vorbei, deren Türen reiche Schnitzerei zeigten. Hohe Fenster, mit durchsichtigen Glasbildern eingelassen, ließen in einen reichblühenden Garten blicken. Zuerst führte man uns in einen kleineren Saal, wo wir in Gesellschaft der schwarzgekleideten Herren, die uns mit Fragen und Anworten unterhielten, eine Weile zubrachten. Darauf ließ man uns in einen großen Raum treten, der auf das herrlichste ausgeschmückt war und in dem eine Tafel die wohlschmeckendsten europäischen Gerichte und feinsten Getränke trug. Wir setzten uns auf die uns angewiesenen Plätze und ließen uns die so lange schon vermißten Speisen wohl schmecken. Da wir nach den aufregenden Ereignissen des Tages große Müdigkeit zeigten, wurde die Tafel bald aufgehoben. Man wies mir eine mit einem schönen sammtartigen Stoff ausgeschlagene Stube zum Schlafgemach an, während meine Leute in einem an diese anstoßenden Saale ihre Schlafstellen fanden. Beim Abschied sagte mir Karchidas, ich möge mich für den nächsten Tag bereit halten, Albikor, dem Gouverneur der Provinz, vorgestellt zu werden.

Am anderen Morgen weckte mich und meine Gefährten ein gewaltiges Glockengeläute. Eine Stunde später trat Karchidas bei mir ein und fragte mich, wie ich geruht hätte. Ihm folgten einige Diener mit Waschgegenständen und Kleidern, die anzulegen mich Karchidas bat. Darauf verließ er mich mit dem Bemerken, er käme in eine Stunde wieder, um mich und meine Leute dem Statthalter vorzuführen. Das Kleid, welches man mir gebracht hatte, bestand vornehmlich in einem buntseidenen Kaftan, den eine breite feuerrote Schärpe schmückte. Ich gefiel mir ausnehmend gut darin.

Von Karchidas und einer Ehrenwache abgeholt, begab ich mich mit meiner Mannschaft zu Albikor, dem Gouverneur. Auf dem Weg dahin konnten wir wieder eine große Anzahl der schönsten Häuser bewundern und nicht genug die großartige Anlage der Stadt bestaunen. Endlich gelangten wir auf einen prächtigen Platz, in dessen Mitte sich ein herrlicher Palast mit vier gewaltigen Fronten erhob. Schwarzer Marmor wechselte auf das wohlgefälligste mit weißem ab und die mächtigsten Tore waren gar kunstvoll mit gravierten Metallplatten ausgelegt. Karchidas folgend traten wir durch ein hohes Gewölbe, das einen Himmel mit einer strahlenden Sonne getreu darstellte, in einen Vorhof, wo Hellebardenträger in grellroten Talaren und kupfernen Helmen Wache standen. Bei unserem Erscheinen dröhnte Posaunenklang auf, der in eine erhaben tönende Musik vieler Instrumente überging. Nach Durchquerung dieses Hofes nahm uns ein anderer auf, dessen Wände aus großen schwarzen Marmorquadern bestanden, von denen sich die ringsum aufgestellten Marmorstatuen blendend weiß wirkungsvoll abhoben. Mitten in diesem Hofe standen mehr als hundert Männer, alle dem Greisenalter nahe oder schon von diesem mit silbergrauen Haaren gezeichnet. In ihren schwarzen Kaftanen und Tütenmützen sahen sie alle wie mächtige Magier aus. Ich konnte ihre Gesichter nicht ausnehmen, denn sie hatten goldgelbe Schleier vor, hinter denen bei den meisten eisgraue Bärte hervorquollen. Im übrigen standen sie stumm und unbeweglich wie die Steinbilder da, was einen unheimlichen Eindruck auf uns machte. Wir eilten so schnell es anging an ihnen vorbei, einige Marmortreppen empor, die in einen großen Saal mündeten, dessen goldene Wände uns blendeten. Als unsere Augen sich an diese strahlende Pracht gewöhnt hatten, wurden unsere Blicke sofort von einem an der Längswand des Saales errichteten überaus prunkvollen Thron angezogen, der von zwei viel kleineren Thronsesseln flankiert war. Auf ihm saß ein Mann von kaiserlichem Ansehen, ganz in Purpur gehüllt. Dies war Albikor, der Statthalter von Sporonde. Die zwei Sessel links und rechts von ihm waren dagegen von seinen zwei vornehmsten Räten eingenommen, wie uns Karchidas zuflüsterte.

Wir schritten bis zur Mitte des Saales, blieben dann stehen und machten eine tiefe Verbeugung. Die zwei Ratsherren erwiderten unsere Grüße damit, daß sie gleichfalls eine Verbeugung machten, indem der Gouverneur zum Gruß die flache Hand aufhob und uns durch einen Wink bedeutete, bis an das Geländer zu treten, das den Thron von dem übrigen Saal trennte. Hier verbeugten wir uns abermals, worauf Karchidas zu reden anfing und dem Statthalter die Geschichte unserer Leiden und Abenteuer auf das eindringlichste erzählte, wie ich aus der Lebendigkeit seiner Bewegungen, mit denen er seinen Bericht unterstützte, entnehmen konnte. Die Sprache, die ich natürlich nicht verstand, war dem Griechischen ähnlich und klang mir sehr melodisch in die Ohren.

Sobald Karchidas seine Erzählung beendigt hatte, stand Albikor auf und begrüßte uns auf das freundlichste, hieß uns in seiner Provinz willkommen und bat uns, so lange seine Gastfreundschaft annehmen zu wollen, bis er dem Vertreter der heiligen Sonne auf

Erden, seinem Herrn und Gebieter dem König Sevarus in der Hauptstadt des ganzen Reiches Bericht erstattet und von diesem weitere Befehle in Bezug auf unsere Zukunft erhalten hätte. Auch er versicherte uns, daß uns keinerlei Leid geschehen werde und wir nur das Beste zu erwarten hätten. Karchidas übersetzte uns diese Ansprache, die uns sehr beruhigte, ins Holländische, worauf ich ihn bat, dem Statthalter in unser aller Namen zu danken und ihm unsere Ergebenheit bekanntzugeben.

Von Albikor gnädigst entlassen, kehrten wir um vieles beruhigter, als wir es verlassen, in das uns angewiesene Haus zurück, wo unser eine reichliche Mahlzeit wartete. Nach einer längeren Mittagsruhe erschien wieder unser unermüdlicher Karchidas, um uns in der Stadt herumzuführen und deren Sehenswürdigkeiten zu zeigen. Da ich und meine Gefährten die landesübliche Tracht angelegt hatten, erregten wir nicht mehr das Aufsehen wie bei unserer Ankunft und konnten in Ruhe die schönen, mächtigen Gebäude, die prächtigen Parkanlagen und viele andere staunenswerte Dinge besichtigen.

Auf diese angenehme Weise brachten wir in Sporonde sechs Tage zu, bis der von dem Statthalter an den König geschickte Bote zurückkam, mit dem Befehl, wir sollten uns sogleich auf den Weg nach Sevarinde, der Hauptstadt des Reiches machen, da der König uns sehen wolle. Wir waren schon im Begriff das Schiff zu besteigen, als ein zweiter Bote des Königs eintraf, der den ersten Befehl widerrief und uns erklärte, des Königs endgültiger Wunsch sei, uns alle kennen zu lernen. Wir möchten deshalb in Begleitung einer Gesandtschaft in unser Lager zurückkehren, Euch, Kapitän Siden, und den übrigen Leidensgefährten von dem, was wir hier gesehen und erlebt haben, getreulich Mitteilung machen und die Einladung überbringen, uns in seinen und seines Reiches Schutz zu begeben.

Maurizius schloß hier mit seiner Erzählung, die uns mit Freude und Staunen erfüllte. Nach allem, was ich gehört hatte, waren wir auf ein hochkultiviertes Volk mit edlen Sitten gestoßen, das in steter Verbindung mit Europa war und uns gewiß behilflich sein würde, unsere Heimat wieder zu sehen.

In der Zeit, da uns Maurizius seinen Bericht abstattete, waren einige der fremden Schiffe in den Hafen eingelaufen, hatten Mannschaft gelandet, die sich mit unserem Volk vermischte und dieses durch Zeichen und mit Hilfe einiger sprachkundiger Leute unter sich von ihrem Land und den Zweck der Gesandtschaft unterrichtete, so daß Maurizius' Abenteuer und dessen Folgen schon im ganzen Lager bekannt waren und wir es nicht mehr notwendig hatten, die Besatzung des Lagers von dem Geschehenen zu benachrichtigen.

Als wir unsere Leute frugen, ob sie geneigt wären, der Einladung des mächtigen Fürsten zu folgen, gaben sie alle freudig ihre Zustimmung. Es wurde nun beschlossen, daß ich mit dem größeren Teil meiner Gefährten die Reise in das merkwürdige Reich schon des anderen Tages unternehmen sollte, während der Rest dablieb, um die in den Wäldern jagenden und holzschaffenden Kameraden zu erwarten und mit diesen mir nachzufolgen. Auch der sporonische Vize-Gouverneur namens Sermodas war damit einverstanden. Nachdem ich den Befehl über das Lager Maurizius übergeben hatte, begab ich mich mit meinen Offizieren an Bord des Gouverneurschiffes, während die übrigen meiner Leute, die mich schon jetzt begleiteten, auf die anderen Schiffe verteilt wurden, von denen einige im Hafen blieben, um die Zurückgelassenen in einigen Tagen nachzubringen.

Wir kamen in Sporonde am dritten Tage unserer Abfahrt von Sidenburg an. Ich begab mich sofort zu dem Statthalter, der mich auf das liebevollste empfing und sich mit mir viel über europäische Verhältnisse unterhielt. Dabei mußte ich seinen Reichtum an Kenntnissen und seinen scharfen Verstand bewundern.

Des anderen Tages brachten zwei Schiffe der Sporonen die meisten unserer Sidenburger Habseligkeiten und die Frauen.

Im zeitigen Morgenlicht des nächsten Tages bestieg ich mit vieren meiner Offiziere ein gedecktes Schiff, das reiche Bildschnitzereien und eine königliche Ausstattung aufwies, während meine Leute in drei anderen Fahrzeugen Platz fanden. Wir fuhren dem Strom hinauf, der hier eine sanfte Strömung hatte. Die Fahrt ging sehr schnell vonstatten, denn die muskulösen Ruderknechte, die jede Stunde abgelöst wurden, verstanden auf das Beste ihr schweres Geschäft.

Die Ufer, an denen sich anfangs gewaltige Bauten erhoben, flogen nur so an unseren Augen vorbei. Wir fuhren so den ganzen Tag, ohne ein einzigesmal still zu halten. Am Abend kamen wir an eine Stadt, in deren Hafen wir einfuhren und schon von einer Menge Menschen erwartet wurden.

Ich ging mit Sermodas und Karchidas ans Land, wo uns der Bürgermeister der Stadt mit großer Höflichkeit empfing. Er konnte ausgezeichnet spanisch sprechen und zeigte große Freude, sich mit mir in dieser Sprache unterhalten zu können.

Die Stadt war so wie Sporonde gebaut, nur um ein Bedeutendes kleiner und lag in einer fruchtbaren Ebene.

Nach einem großen Gastmahl, das uns zu Ehren gegeben wurde, verabschiedeten wir uns von dem freundlichen Bürgermeister der Stadt, die Sporinde hieß, bestiegen die Staatsgaleeren und setzten unsere Reise fort. Gleich oberhalb der Stadt wurde die Strömung plötzlich so reißend, daß sie von den Ruderern nicht mehr bewältigt werden konnte. Es mußten Pferde vorgespannt werden, die an Seilen die Schiffe langsam hinter sich nachzogen. Nun hatten wir Muße, die Gegend zu betrachten, die immer mehr gebirgig wurde. Wir kamen an mehreren Städtchen vorbei, wo wir uns nicht aufhielten, sondern nur eiligst die Pferde wechselten.

Erst am Abend legten wir an einem dieser Städtchen an, blieben aber an Bord, da nichts Außergewöhnliches zu sehen war. Am nächsten Morgen verließen wir die Schiffe und bestiegen eine Reihe vielsitziger Wagen, mit diesen die Reise zu Lande fortsetzend. An mehreren Städten und vielen Dörfern vorbei, kamen wir des Abends in einer größeren Stadt an, die am Rande eines mächtigen Gebirgsstockes lag. Sie hieß Sporage und war die Grenzstadt der Provinz Sporone.

Wir besichtigten hier großartige Bewässerungsanlagen, die gewaltige Flächen früheren Wüstenbodens in ein Paradies der Fruchtbarkeit umgewandelt hatten, wie es mir in solcher Ausdehnung und Fülle noch nicht untergekommen war. Wir blieben drei Tage in Sporage, um für die beschwerliche Reise über das Gebirge Kräfte zu sammeln. Der Bürgermeister der Stadt namens Astorbas umgab uns mit allen erdenklichen Annehmlichkeiten und lud mich und meine Offiziere zu einer Jagd ein.

Kleine Wagen brachten uns und die übrige Jagdgesellschaft in weniger als einer Stunde in einen dichten Cypressenwald, der eine Menge Tiere beherbergen sollte, unserem Dachs ähnlich, nur etwas größer und kräftiger. Die Einwohner nennen dieses Tier Abrusta.

Wir stiegen aus und drangen zwischen den mächtigen Baumstämmen, die im Umfange kleiner Türme in den Himmel zu reichen schienen, bis zu einer Lichtung vor, die von einer Strauchhecke in Hufeisenform eingezäumt war. Hinter dieser Hecke stellten wir uns auf und erwarteten das Hervorbrechen des Wildes, das von Hunden uns zugetrieben wurde. Wir hatten uns kaum zum Schusse gerüstet, als wir schon mehrere Abrustas, die in ihrer Wohlbeleibtheit einen komischen Eindruck machten, von zierlichen Hunden gehetzt, auf uns zu rasen sahen. Auf einen Zuruf des Jagdleiters schossen wir und drei der Tiere wälzten sich heulend im Grase. Der Kampf zwischen ihnen und den auf sie stürzenden Hunden war gräßlich anzuschauen. Er wurde mit einer Wildheit sondersgleichen geführt und hörte erst auf, als keines der angeschossenen Tiere mehr ein Lebenszeichen gab.

Am Nachmittage des anderen Tages lud man uns zum Fischen in einem umfangreichen Weiher ein, der eine Art großer Lachse beherbergte, die mit Lanzen gejagt wurden und in der Abwehr eine erstaunliche Kraft bewiesen. Die erlegten Fische hatten ein Gewicht von acht bis zehn Pfund und zeigten auf der Rückseite herrlich blauschillernde Schuppen. Nach dieser Art der Fischerei zeigte man uns eine, die mit einem dressierten Tiere, das größer als unsere Hauskatze war, einen Fuchskopf und lange graue Haare hatte, ausgeführt wurde. Es stürzte sich auf Befehl des Oberfischers in die Flut und brachte nach kurzer Zeit mit den Zähnen einen Fisch ans Ufer. Auf diese Weise, erzählte man uns, fange er auch die flügellosen Wasservögel, die im Schilf der Bewässerungskanäle hausten.

Von Sporage ging die Reise zu Fuß weiter. Gleich hinter der Stadt betraten wir ein enges Tal, das sich zwischen jäh abfallenden Felsen in die Höhe schraubte. Es war beinahe dämmerig darin und schauernde Kühle griff uns ans Herz. Sermones sagte, er wolle uns auf diesem Weg der Hölle in das Paradies führen. Nach einer Stunde harter Wanderung durch diese schauerliche Einöde gelangten wir an eine Stelle, von der ab der Weg noch halsbrecherischer und furchteinflößender wurde; die Felsen hatten sich bis zu einem schmalen Hals zusammengedrängt. Stufen in das vom Regen noch feuchte Gestein, über das riesenhafte Kröten huschten, gehauen, boten unseren Füßen den einzigen Halt. In furchtbarer Tiefe unter uns brodelte es wie in einem Hexenkessel und Modergeruch verlegte uns den Atem. Ganz ermattet, besonders unsere Frauen, erreichten wir endlich ein Plateau, das, wie es schien, in eine gewaltig große Höhle ausging. Vor diesem Gewölbe stand eine feste Steinhütte, aus der bei unserem Nahen ein paar Menschen mit brennenden Fackeln heraustraten. Sie reichten einem jeden von uns eine grüne Tuchkappe zum Schutz für das Haupt und einen Mantel, der mit Pelz gefüttert war und den umzulegen uns Sermones gebot.

Die bisherigen Anstrengungen, die schauerliche Umgebung und die geheimnisvollen Vorbereitungen hatten aber unsere Frauen so erregt, daß sie plötzlich zu weinen und zu schreien anfingen, weil sie des Glaubens waren, daß nun ihr Ende gekommen sei und sie nimmermehr das Licht des Tages erblicken würden. Nur mit großer Mühe konnten wir sie beruhigen, wir, denen die Geschichte selbst unheimlich vorkam und die sich hundert Meilen weg von diesem schauerlichen Orte wünschten.

Gar manchen von uns hat gewiß das Herz geklopft, als wir, an der Spitze die Fackelträger, in das fette Schwarz der Höhle eindrangen. Schauerlich widerhallten unsere Schritte auf dem eisglatten Boden, auf dem jeden Augenblick einer von uns ausglitt. Wie Donner rollte es dann vor uns entlang. Der Fackelschein riß gespenstische Schatten in das Dunkel, das uns in unermeßlicher Dichte zu umgeben schien. Hie und da sahen wir beim Aufleuchten der Fackeln links und rechts schmale Gänge wie Schlangen in der steinernen Nacht verschwinden.

Um die Frauen und die Allzuängstlichen unter uns zu beruhigen, erzählte Karchida mit lauter Stimme, daß dieses mächtige Gewölbe ein Werk der Natur sei, das Menschenhände gangbar gemacht hätten. Er leuchtete zur Decke empor und wir erblickten ein Wunderwerk: hunderte von riesigen Kristallzapfen in allen Formen und Größen, wie von einem inneren Licht erglühend. Ich hatte dreitausend Schritte gezählt, als wir plötzlich Sonnenschein in das Dunkel fluten sahen und unsere entzückten Augen in ein weites Tal fielen.

Dies empfing uns wie eine riesige Schale voll Blumen. In der Mitte dieser lichten Herrlichkeit erhob eine Stadt ihre ornamentalen Glockentürme. Es war dies Sevara, die Grenzstadt der Provinz Sevarambe.

Vor dem Tore, durch das wir in die Stadt Sevara einzogen, empfing uns Komus, der Statthalter dieser Provinz. Er war ein etwa vierzigjähriger Mann mit mächtigem Körperbau, dessen Hautfarbe ein dunkelgetöntes Braun war. An vielen neugierigen Menschen vorbei, die sich aber sehr wohlgesittet betrugen, führte er uns unter höflichen und freundlichen Reden in seinen weitläufigen Palast, in dem große Säle meine Leute aufnahmen, während ich und meine Offiziere reich ausgeschmückte Zimmer angewiesen erhielten.

Nachdem wir uns von dem Reisestaub gereinigt und etwas erholt hatten, nahmen wir eine reichliche Mahlzeit in Gegenwart von Komus ein, der uns wie fremde Fürstlichkeiten behandelte und uns jede Aufmerksamkeit erwies.

So lud er uns nach dem Essen zu einer Jagd ein. Zu diesem Zweck begaben wir uns mit großem Gefolge mit Hilfe zweiräderiger Wagen in ein Wäldchen gleich unterhalb der Stadt, das ein munteres Flüßchen einsäumte. Wir bestiegen einen Hügel, von dem aus wir das Tal gegen Westen ganz mit herrlichen Wäldern bedeckt fanden, deren großblätterige, grellgrün schimmernde Bäume ich nicht kannte. Komus sagte, wenn wir Zeit hätten, wolle er uns gerne das aufregende Vergnügen einer Bärenjagd verschaffen, von welchen Tieren es in diesen Wäldern nicht wenig gebe. Auch lebe dort ein weißes Tier, groß wie ein Tiger, aber nicht mit dessen furchtbarem Gebiß versehen, dagegen von einer Gewandtheit und Schnelligkeit, die seine Jagd zu einer der beschwerlichsten mache. Karchidas mußte für uns das freundliche Anerbieten abweisen, da wir nach dem Reiseplan nur einen Tag bleiben konnten. Da bat er uns, wenigstens einem Fischzug beizuwohnen, wozu Karchidas seine Einwilligung gab.

Wir kehrten nun an den schmalen Flußlauf zurück, in dem es sehr tiefe, von Felsen eingesäumte Stellen gab, In diesen Wassermulden hielt sich ein zierlicher Fisch von der Größe unserer Forellen auf, der alle Farben spielte. Nun wurden falkenähnliche Vögel herbeigebracht, die, kaum von Kappe und Riemen befreit, auf die Fische herunterstießen und deren eine Menge in kurzer Zeit ans Ufer brachten.

In die Stadt zurückgekehrt, begaben wir uns nach der Abendmahlzeit sofort zur Küche, da wir in aller Frühe des nächsten Tages die Reise fortsetzen mußten.

Das Land, durch das wir kamen, zeigte reichen Feldbau. Aber noch mehr staunten wir über die großen Herden von Kühen, Ochsen und Pferden, die auf riesigen Weiden zu sehen waren. Die Dörfer, an denen wir vorbeisausten, bestanden alle nur aus vier bis sechs mächtigen Gebäuden, die, aus festestem Material gebaut, mehrere Stockwerke hoch waren.

An diesem Tage endigte unsere Reise in einer kleinen Stadt, die am Fuße einer gewaltigen, steilabfallenden Gebirgswand lag, die sich quer durch das ganze Land zog und dieses wie ein steinerner Vorhang in zwei Hälften teilte.

Auf Saumpfaden, die von unten ein menschliches Auge nicht entdecken konnte, ging es am anderen Morgen das Gebirge hinauf. Gegen Mittag zu hatten wir es bewältigt und standen auf einem Hochplateau, auf dem eine gar herrliche Luft wehte. Wir überblickten ungeheure Grasweiden, Futterplätze für eine Unmenge Vieh, das hier für 8 Monate aufgetrieben wird, während es die übrige Zeit des Jahres, vor Kälte und Schnee geschützt, in den Tälern verbringt. Nur wenige feste Häuser für die Hirten hoben sich von dem tiefblauen Himmel ab. Nach Durchwanderung dieser vielleicht eine Meile breiten Hochebene, stiegen wir wieder ab und gelangten gerade vor Einbruch der Dunkelheit in eine größere Stadt, namens Ambe. Hier fiel uns der herrliche Wuchs der Einwohner auf, auch war ihre Hautfarbe viel heller, besonders bei den Frauen, denen die zarte Bleiche ihres Gesichtes, hinter dessen Haut das Blut wie ein Licht brannte, große Schönheit verlieh.

Im Morgengrauen kehrten wir der Stadt Ambe den Rücken. Wir saßen zu sechs Personen in Körben, die auf den Rücken mächtiger Kamele geschnallt waren. In gemächlichem Trab ging es durch ein breites Tal, durch das ein Fluß mit starkem Gefälle strömte. Manchmal war das Tosen der stürzenden Wasser so stark, daß das lauteste Wort nicht vernehmbar war.

Im Mittagsbrand wurden bei einem großen Dorfe die Kamele wieder gegen Wagen umgewechselt, mit denen wir bis zur Stadt Arkose kamen, von wo aus am nächsten Tage der letzte Rest des Weges mit Schiffen zurückgelegt werden sollte. Arkose lag in dem Knie, das durch Zusammenströmen zweier Flüsse gebildet wurde. Im rechten Umkreis von hohen, dichtbewaldeten Bergen umgeben, ließ sie den Blick über den Hauptstrom hin in eine mächtige Ebene wandern, die sich in den Horizont verlor und viele Städte und Dörfer trug.

Der Bürgermeister von Arkose, ein ehrwürdiger Greis, kam uns mit mehreren seiner Räte an dem Stadttor entgegen und geleitete uns in ein prächtiges Gebäude, das uns gänzlich zur Verfügung gestellt wurde.

In der Nacht setzte ein gewaltiger Regen ein, der am Morgen wohl aufgehört, aber die Fahrt mit so viel Schiffen auf dem Strom gefährlich gemacht hätte. Karchidas beschloß deshalb, zwei Tage in Arkose zu verbringen, worüber nicht nur der Bürgermeister, sondern auch wir uns sehr freuten. Während meine Gefährten von verschiedenen Würdenträgern in der schönen Stadt herumgeführt wurden, begab ich mich mit Karchidas und dem Bürgermeister in den mehrere Morgen großen Garten des Regierungsgebäudes. Ich konnte hier die unerhörtesten Gartenkünste bewundern, die mit Blumen, Blattgewächsen und Bäumen ausgeführt waren, von deren Blütenpracht, Duft und bizarren Formen ein Europäer sich keine Vorstellung machen kann. Und Springbrunnen führten auf ihren Wasserproben meine Blicke in schwindelnde Höhe hinauf, wo ein Himmel strahlte, der eine einzige mächtige Sonne schien. Von einem Aussichtsturme aus konnte ich dann die Herrlichkeit des Landes vor mir bewundern. Schönes schmiegte sich an Herrisches, Liebliches an Bilder voll düsterer und gewaltiger Pracht. Alles wie durchleuchtet von dieser unerhört wundervollen Sonne.

In meine wortlose Bewunderung hinein hörte ich leise den Karchidas fragen:

»Nun, Kapitän Sieden, wie findet Ihr dieses Land, dessen Einwohner Ihr zuerst als blut- und rachedürstige Barbaren angesehen habt? Findet Ihr, daß man in ihm leben kann?«

Ich antwortete ihm beschämt, daß ich vor Verwunderung über seine Schönheit und Kultur, die den Ländern unserer Zone weit überlegen sei, kaum ein Wort sagen könne.

Er lächelte und sagte:

»Ich freue mich, daß es Euch bei uns so wohl gefällt. Aber Ihr sollt noch nicht am Ende Eueres Staunens sein. Was Ihr bisher gesehen, ist nur ein Vorgeschmack dessen, was Euch noch erwartet. Wenn Ihr die Wunder von Sevarinde schauen werdet, wird es Euch vorkommen, als wären die Provinzen, durch die Ihr bisher gekommen, Vorhöfe zu diesem Paradiese, das in jeder Beziehung seinesgleichen auf der Erde sucht. Der ewig feurige Gott da oben« – und erblickte schwärmenden Auges zur Sonne empor – »hat uns, seine treuesten Kinder, so begnadet, daß wir die größten Werke des Leibes und der Seele beginnen und vollenden konnten. Ehre sei seinem goldenen Angesicht!«

Da in der Frühe des dritten Tages unserer Anwesenheit in Arkose sich das Hochwasser so ziemlich verlaufen hatte, wurde zur Weiterreise gerüstet. Gleich nach dem Mittagessen bestiegen wir flachgebaute Schiffe und fuhren durch ein reichangebautes Gebiet. Auf ein paar Städte und viele Dörfer konnten unsere neugierigen Blicke fallen. Gemächlich in Lehnstühlen von feinstem Strohgeflecht zurückgelehnt, kam es mir und meinen Gefährten vor, als wären wir schon gestorben und bei freigebigen Göttern zu Gast. Als die Dämmerung ihren feinen Schleier über alle Dinge zu weben begann und wir gerade aus einer Wirrnis vieler kleiner Inseln herausfuhren, sahen wir plötzlich eine gewaltige Stadt vor uns, die zu beiden Seiten des Stromes ihre Mauern weit in das Land hinaussandte.

Als wir an der marmornen, von steinernen Türen in Riesengröße flankierten Hafentreppe anlegten, sahen wir entlang den Quaiquadern und den Häusern des Hafenplatzes tausende und abertausende von Menschen stehen, die unserer gemeldeten Ankunft harrten.

Wir waren in Sevarinde, der Hauptstadt des seltsamen Reiches und der Residenz des Vertreters der Sonne angekommen.

Wir wurden nur ganz kurze Zeit der Neugier der Einwohner ausgesetzt, denn das Gebäude, wohin uns die zu unserem ersten

Empfange erschienenen Würdenträger geleiteten, lag nur wenige Schritte vom Hafen entfernt am Beginne eines mächtigen Straßenzuges, der, langsam ansteigend, in der Unendlichkeit des Himmels zu enden schien. Im Hause selbst erwarteten uns eine Menge Sklaven, von denen jeder von uns je nach dem Rang, den er in unserer Gemeinschaft einnahm, einen bis drei zugewiesen erhielt. Auch sonst umgab uns jede erdenkbare Annehmlichkeit und Karchidas wurde nicht müde, uns immer und immer wieder nach unseren Wünschen zu fragen. Zu unserem Hause gehörte ein großer Garten mit herrlichen Laubgängen, in denen wir oft lustwandelten und viele Besuche hervorragender Mitglieder und Bürger der Stadt empfingen.

So vergingen acht Tage in Lust und Freude. Jede Besorgnis über die Gesinnung des Königs uns gegenüber war vor den Zeichen seiner Güte, die er uns angedeihen ließ, verschwunden und so vernahm ich eines Tages ohne besonderes Herzklopfen den Befehl, mich und meine Leute für die Audienz vor dem Herrscher bereit zu machen. Nach einem Bade im duftenden Wasser erhielten wir alle faltige Kleider aus feinstem, mit Blumen durchwirktem Leinen. Das meine war noch dazu auf das köstlichste mit Seide umwebt und mit Silberbrokat eingesäumt. Dann gab man uns jedem einen grünen Zweig in die Hand und nun ging es im feierlichen Zuge durch festlich geschmückte Straßen zum Palast der Sonne. Karchidas sagte mir, daß uns zu Ehren dieser Tag als Feiertag ausgerufen worden sei. Dies erklärte mir die Ansammlung großer Volksmassen zu beiden Seiten des Weges, den wir kamen.

Nach einer Stunde langsamen Dahinschreitens gelangten wir auf einen mächtigen Platz, in dessen Mitte ein Bauwunder von einem Palast stand. Ganz aus rötlich schimmerndem, weißem Marmor errichtet, bedeckte er mit seinen 48 mächtigen Toren und tausenden Fenstern die Fläche einer kleinen Stadt. Unter den Klängen einer unsichtbaren Musik zogen wir durch das größte Portal in das Kaiserliche Haus ein. Wir durchschritten nun mehrere Höfe, die eine verwirrende Pracht zur Schau stellten. Gewaltige Säulen, aus einem Stück Achat geformt, stützten phantastisch geschnitzte Ballustraden von tiefschwarzem Stein, aus denen blendendweiße Tier- und Menschenfiguren hervorsprangen. Die Kanten und Ecken waren mit Gold beschlagen und in den Wänden eingelegte Bilder aus flach und matt geschliffenen, vielfarbigen Edelsteinen zu sehen. Riesige Schalen aus Kristall fingen wohlriechende Wasserstrahlen auf und allenthalben lagen zahme pantherähnliche Tiere herum, aus deren seidenem Fell die Sonne Funken sog.

Über eine breite Treppe mit Goldfliesen gelangten wir in eine Halle von großem Umfange. Hier war die Pracht schier noch blendender und wir mußten eine Weile vor dem schimmernden Wunder der riesigen Wände und der kühngewölbten Decke die Augen schließen. In herrlich ziselierten Pfannen aus einem grünen Metall brannte wohlriechendes Räucherwerk mit durchsichtigem, rosafarbenem Rauch empor. Liebliche traumhafte Musik ertönte. Plötzlich setzte diese aus, ein Vorhang, aus den Perlen des Meeres zusammengetzt, floß wie eine rosa Frühlingswolke auf die Seite. Eine Art niederer Kirchenchor ganz aus Gold getrieben, wurde sichtbar, in dessen Mitte auf elfenbeinernem Thron in einsamer Kaiserlichkeit ein Mann in einfacher schneeweißer Toga, aber mit einem breiten Stirnreif aus unerhört großen Diamanten saß . . .

Sevaris, der Stellvertreter der Sonne und Herrscher dieses seltsamen Reiches.

Im weiten Abstand von ihm, an der Wand des Chores, standen in zwei Reihen seine Großwürdenträger in flutenden Purpur gehüllt und mit mehr oder weniger breiten Stirnreifen aus Gold bedeckt. Lautlose Stille herrschte, als einer der purpurnen Männer dem Kachira ein Zeichen gab, worauf uns dieser mit Hilfe einiger Palastwachen verständigte, zum Zeichen der Begrüßung und Ergebenheit drei tiefe Verbeugungen zu machen. Dann nahm er mich bei der Hand und führte mich an das Geländer des Chores. Hier streckte mir Sevaris seine jedes Schmuckes bare Hand entgegen, die ich ehrerbietig küßte und sprach im reinsten Spanisch:

»Sei mir willkommen, Fremdling, mit deiner Schar im Staat der Sonne. Ein böses Schicksal hat Euch gar Übles zugefügt, doch nun hat Euch die Allgüte meiner ewigen Mutter meinem und meines Volkes Schutze zugeführt und Ihr sollt es nicht zu bereuen haben, die Grenzen meines Reiches überschritten zu haben. Lebet nach meinen Gesetzen, soweit Eure fremde Natur es zuläßt und mein Auge wird in steter Sorge über Euch wachen!«

Wieder reichte er mir freundlich die Hand, wehrte aber diesmal meinen Kuß ab und winkte meinen Leuten freundlichst zu. Wir verließen in derselben Ordnung, wie wir gekommen waren, die Halle und den unvergleichlichen Palast, um uns, noch ganz betäubt von dem Gesehenen, in unsere Behausung zurückzubegeben.

Nun vergingen zehn Tage, die wir im herrlichen Nichtstun verbrachten, außer daß wir viel in Begleitung von Abgesandten des Herrschers spazieren gingen und die Sehenswürdigkeiten der Stadt und ihrer näheren Umgebung besichtigten, bis Karchides mir und meinen Offizieren folgendes sagte:

»Meine Herren, ich glaube es ist jetzt an der Zeit, Eueren Leuten Beschäftigung zu geben. Müßiggang macht die Seelen, besonders die der einfachen Menschen, gebrechlich und wenig widerstandsfähig gegen die Sünden. Ich schlage deshalb vor, jeden Einzelnen Eurer Schar auf seine Fähigkeiten hin zu prüfen und ihnen eine angemessene Beschäftigung anzuweisen. Ich rate Euch, dies zu Euerem Vorteil zu tun!«

Wir pflichteten dem klugen Manne vollständig bei und baten ihn, uns bei der Verteilung der Arbeit an unsere Gefährten mit Rat und Tat beistehen zu wollen, insbesondere möge er uns bei der Organisierung unserer Schar in diesem fremden Land, dessen Gesetze, Sitten und Arbeitsmöglichkeiteu wir ja kaum noch kannten, behülflich sein. Darauf antwortete er:

»Wohlan, wir können jede fleißige und willige Hand brauchen und der Mühe verlangen wir wenig. Vor allem sollt Ihr Euch ohne eigenen Willen von einander nicht trennen müssen, sondern solange es Euch beliebt nahezu in der gleichen Ordnung, wie es Ihr bisher gewohnt gewesen, Euer Leben unter uns fortführen dürfen. Ihr, Kapitän« – damit wandte er sich an mich – »habt unter den schwierigsten Verhältnissen so viel Zeichen von Tatkraft, Tapferkeit und Klugheit gegeben, daß es dem Wunsch meines höchsten Herrn entspricht, wenn Ihr auch weiter mit Eueren gewählten Offizieren die Führung Euerer Leute behaltet. Ich will Euch gerne in den Gesetzen und Gebräuchen meines Volkes unterrichten. Vor allem rate ich Euch aber, unsere nicht sehr schwere Sprache zu erlernen. Zu diesem Zweck werde ich Euch einige Lehrer in das Haus senden, die Euch täglich einige Stunden geben sollen. Die tägliche Arbeitszeit beträgt für jeden Einwohner unseres Reiches 8 Stunden, da Ihr aber das Klima noch nicht gewöhnt seid, so sollt Ihr nur 6 Stunden des Tages arbeiten dürfen. An unseren Festen, deren wir viele im Jahre haben, bitte ich Euch, mit aller Fröhlichkeit, deren Ihr fähig seid, teilzunehmen!«

Nach diesen seinen Worten ließen wir unsere Leute, so Männer wie Frauen, antreten und fragten einen jeden, zu welchem Berufe er sich tauglich fühle und besondere Lust hätte Da meldeten sich viele, die einmal ein Handwerk gelernt hatten, und dieses wieder nach bestem Können ausüben wollten. Die Seeleute wieder wollten am Hafen oder auf Schiffen, die den großen Strom befuhren, eine ihnen genehme Arbeit aufnehmen, während der Rest meiner Gefährten den Wunsch äußerte, sich irgend einer Kunst oder der Landwirtschaft zu widmen. Karchidas nahm alle Wünsche freundlichst entgegen, lobte die Leute wegen ihres guten Willens und benachrichtigte uns, daß für uns, unten am Flusse in einem herrlichen Garten, ein Haus, viel größer als das, worin wir vorläufig wohnten, erbaut werden würde. Gleichzeitig stellte er uns einen Mann vor, der, solange wir der Sprache des Landes nicht mächtig waren, unsere Geschäfte führen wollte. Dieser hieß Farista und hatte ein gutmütiges und kluges Aussehen. Dann bat er uns, am Bau unseres Gemeinschaftshauses mitzuhelfen und den Baumeister auf unsere besonderen Wünsche aufmerksam zu machen.

Ich kam seiner Bitte sofort entgegen und schickte unter Befehl des de Haes den größeren Teil meiner Gefährten auf den Bauplatz, wo sie nun mit Befriedigung alle möglichen Arbeiten verrichteten.

Ich selbst fing sofort mit allem Fleiße an, die fremde Sprache zu erlernen und hatte nach drei Monaten solche Fortschritte darin gemacht, daß ich mich mit jedermann verständigen konnte. Und noch war kein Jahr seit unserer Ankunft in Sevarinde vergangen, als ich sie vollkommen beherrschte und mit ihr alle meine Gedanken geläufig ausdrücken konnte. Und auch die meisten meiner Gefährten lernten die schönklingende Sprache leicht.

Im Lauf der Zeit hatten viele eingeborene Mädchen mit den noch frauenlosen Männern unserer Schar mit Einverständnis der Regierung Ehen geschlossen, die reich mit Kinder gesegnet wurden.

Nach drei Jahren war ich schon ganz mit meinen Lebensgewohnheiten in die der Sevarambis aufgegangen, beherrschte wie ein Eingeborener die Sprache, so daß ich mich, ohne mehr aufzufallen, in ihre Gesellschaft begeben konnte, was ich nun bei jeder Gelegenheit tat, um ihre Sitten und Gebräuche tiefer zu studieren.

Sie haben viel besser und schöner gedruckte Bücher als wir und ihre öffentlichen Bibliotheken sind bis in die Nacht hinein von lese- und bildungshungrigen Leuten gefüllt. Kaum der Sprache halbwegs mächtig, lieh ich mir eine Menge Bücher über ihre Philosophie, Mathematik, Schauspielkunst und Historie aus, die ich eifrigst studierte. Besonderes Interesse schenkte ich ihrer Geschichte, die verhältnismäßig jung, aber voll der aufregendsten Bilder war. Nicht minder bemühte ich mich mit Fleiß, in den Sinn ihrer Gesetze einzudringen und die mystischen Formen ihrer Religion zu ergründen.

In größtes Staunen versetzte mich aber die Entdeckung, daß die Kultur der Sevarambis, die ich nach allem, was ich bisher von ihr gesehen, der unsrigen in Europa weit voranstellen müßte, eigentlich kaum zwei Menschenalter alt und das Werk eines einzelnen Mannes, des Vaters des jetzigen Herrschers namens Sevaro, war. Je mehr ich von diesem Fürsten und seinen Taten las, desto größer wurde mein Staunen über ihn, der die Tugenden eines großen Staatsmannes mit denen eines mächtigen Kriegshelden verband und als gütiger und geduldiger Lehrer sein Volk aus dem Dunkel rohester Barbarei in das Licht des edlen und gebildeten Menschentumes führte. Ich habe viele Bücher über das Leben dieses seltenen Mannes gelesen und den Entschluß gefaßt, das Hauptsächlichste daraus in die Sprache meiner Heimat zu übertragen, damit auch in Europa, vor allem in dem Lande meiner Herkunft, die Menschen an dem Dasein dieses wahrhaften Helden sich erbauen können.

Aus seiner Heimat verwiesen, aus grauestem Unglück schreitend, war er den feurigen Weg bis zur Höhe der Menschheit gegangen, als einer, der unentwegt an das Gute im Menschen und seine Abkommenschaft von einem höchsten Wesen glaubte und dem keine noch so große Widerwärtigkeit in die Wälder des Zweifels und die Sümpfe der Verzweiflung abirren ließ. Bevor ich an diese meine vornehmste Aufgabe trete, will ich noch einiges über die Hauptstadt des Reiches, das achte Weltwunder, Sevarinde, sagen.

Der größere Teil dieser wohl schönsten Stadt der Welt breitet sich auf einer Halbinsel aus, die mehrere Meilen Umfang hat und in einen der mächtigsten Ströme der Erde wie eine Terrasse hinausspringt. Auf der Flußseite wird sie von einer gewaltigen Marmorquadermauer gegen die Gefahr einer Überschwemmung geschützt. Auffallend ist die große Zahl herrlichster Gärten, in denen Blumen von unerhörter Schönheit blühen und Früchte gedeihen, von deren Größe und Wohlgeschmack wir in Europa keine Ahnung haben. Ebenso umgibt 20 Meilen im Umkreis gepflegtestes Parkland, in dem jeder Bewohner ein Lusthaus mit Fischwasser und Geflügelhof von der Regierung zugewiesen erhält, diese einzigartige Residenz, die auch ihrer geographischen Lage nach genau den. Mittelpunkt des Reiches bildet.

Jede Familie bewohnt mit ihrer ganzen Sippe ein Gemeinschaftshaus, das stets im Viereck gebaut und vier Stockwerke hoch ist. Solche Gemeinschaftshäuser, von denen ich über 600 zählte, fassen oft an 1000 Personen. Die Straßen sind alle gerade, sehr breit und haben links und rechts überwölbte, von Schlingpflanzen geschmückte Gänge, damit das rege Straßenleben auch bei starkem Regen nicht zu ruhen braucht. Beinahe an jeder Straßenecke sind monumentale Brunnen, die oft die reizendsten Wasserkünste zeigen. Auch sonst spielt die Bildhauerkunst eine große Rolle.

Allenthalben sieht das entzückte Auge die herrlichsten Bildwerke, zumeist aus blendend weißem Marmor.. Die vornehmsten Bauten sind der Königspalast, der Haupttempel der Sonne, das Schauspielhaus und sie bieten selbst am Tage einen märchenhaften Anblick. Da der weiße Marmor der vorherrschende Baustein ist, so hat es, wenn man die Stadt von der Höhe eines der fernen Berge betrachtet, den Anschein, als läge ein silbrig strahlendes Gestirn auf der Erde. Und des Nachts strömt der weiße Stein solche Helle aus, daß man vermeint, auf dem Mond zu wandeln.

Dies ist die Stadt, wo ich manches Jahr meiner Heimat fern zubrachte, viel an Wissen gewann und von deren Schöpfer und seinem Volke ich nun erzählen will.

II.

Sevaros Wiege stand in Persien, dem Lande der Feuer- und Sonnenanbeter. Seine Familie, Nachkommen eines alten persischen Fürstengeschlechtes, war dem Glauben der Ahnen auch unter mohammedanischer Herrschaft treu geblieben und hatte wegen ihrer Standhaftigkeit viele Verfolgungen zu erdulden. Sein Vater, dessen ältester Sohn er war, nahm die Stelle eines Großpriesters der Sonne ein und wohnte in einer von den Türken halbzerstörten Stadt am persischen Meerbusen.

Bis zu seinem sechsten Lebensjahre in der Obhut der Frauen, wurde Sevaro, der schon als Kind Zeichen eines scharfen Verstandes aufwies, von seinem Vater erzogen und von diesem wegen seiner Weisheit selbst bei den Türken berühmtem Manne, in die Geheimnisse der uralten Parsenreligion, der Sterndeutekunst und anderer vornehmlich von den Persern gepflegten Wissenschaften eingeweiht. Da Sevaro nun mit Leichtigkeit lernte, beschloß der Vater, ihm nicht nur die Weisheit seines Volkes zu erschließen, sondern ihn auch von einem seiner Sklaven, einem Italiener namens Giovanni, nach europäischer Art erziehen zu lassen.

Dieser eignete sich vortrefflich dazu. Er war wohl ein Christ, aber ein sehr tugendhafter und wohlgebildeter Mann, der schon viele Beweise seiner Treue gegeben hatte und die Muhamedaner nicht minder verabscheute als sein Herr, der parsische Hohepriester. Sein Wissen hatte er sich an den Hochschulen zu Paris und Padua angeeignet und war vor vier Jahren in die Gefangenschaft von Seeräubern geraten, die ihn an seinen jetzigen Herrn verkauft hatten, der ihn mehr wie einen Freund, als einen Sklaven, behandelte.

Giovanni, gerührt über das Vertrauen des Priesters, der ihn zum Hofmeister seines von ihm über alles geliebten Sohnes berief, war nun mit allem Eifer dabei, sein Wissen dem fleißigen Schüler zu übermitteln, der auch zu seiner und des Vaters großer Freude in allen Fächern, in denen er von dem Italiener unterrichtet wurde, erstaunliche Fortschritte machte.

Als Sevaro 16 Jahre zählte, beherrschte er außer dem Wissen seines Volkes die lateinische, griechische, französische und italienische

Sprache vollkommen, kannte die Philosophen der Alten und hatte sogar mit Erlaubnis seines Vaters an der Hand seines Lehrmeisters die heiligen Bücher unserer christlichen Religion gelesen. Auch er war in allen freien Künsten bewandert und sprach darüber manches kluge Wort. Dabei war er ein ausgezeichneter Reiter geworden, stellte in jeder sonstigen Leibesübung seinen Mann und wußte mit allen Waffen meisterlich umzugehen. Er war dazu wohlgewachsen, rank von Leibe, hatte ein schönes und edles Gesicht und seine Freundlichkeit und Güte schuf ihm viele Freunde.

Indes war die Unterdrückung der ihrer Religion treu gebliebenen Parsen durch die Türken immer ärger geworden. Jene durften ihren Gottesdienst nur mehr ganz geheim abhalten und schon waren Fälle vorgekommen, wo strenggläubige Parsen von mohammedanischen Fanatikern gemartert und ermordet worden waren, ohne daß der Statthalter des Sultans die Schuldigen bestraft hätte. Es war deshalb nicht zu verwundern, daß ein Aufstand ausbrach, der aber von den Türken auf das grausamste unterdrückt wurde. Das Blut der unglücklichen Parsen floß in Strömen und als endlich die Türken ihre Rachelust gekühlt hatten, forderten sie von den vornehmsten Parsen die Söhne und Töchter als Geiseln, die in die Sklaverei nach Konstantinopel geschickt werden sollten.

Auch Sevaro sollte einer der Geiseln sein, doch der alte Hohepriester war nicht Willens, ihn diesem furchtbaren Schicksal zu überantworten und beschloß die Flucht seines Sohnes. Er ließ den treuen Giovanni vor sich kommen und sprach:

»Ihr habt meinen Sohn, diesen jungen Baum, bisher auf das treueste behütet und großgezogen. Nun aber seht Ihr die reichen Früchte, die er zu tragen begonnen hat, von den unbarmherzigen Feinden meines und Eueres Glaubens bedroht. Nur schleunigste Flucht kann ihn retten und ich bitte Euch, ihm auf dieser der gleiche treue Begleiter zu sein, wie Ihr es ihm auf den oft so steinigen Wegen der Weisheit gewesen seid. Ich habe schon alle Anstalten getroffen, die zu Euerer glücklichen Flucht notwendig sind. Der ewige Feuergott wird Eure Straßen segnen und die Augen unsere Feinde blenden.«

Mit Tränen der Rührung in den Augen hatte Giovanni den ehrwürdigen Greis angehört. Nun fiel er vor ihm nieder, küßte seine

Hände, dankte für das große Vertrauen und schwur ihm, Sevaro wie den eigenen Augapfel zu behüten.

Sevaro weigerte sich zuerst, seinen alten Vater zu verlassen, da aber dieser darauf bestand, folgte er mit schwerem Herzen und verließ mit Giovanni, beide bis zur Unkenntlichkeit verkleidet, das Haus seiner Väter und sie erreichten glücklich die nächste Hafenstadt, wo ein italienischer Schnellsegler sie aufnahm.

Auch Sevaros Vater flüchtete vor dem Zorn der türkischen Häscher, aber alt und gebrechlich wie er war, konnte er den Aufregungen und Beschwerden des unsteten Flüchtlingslebens nicht genug Widerstand leisten. Er erkrankte schwer und starb in den Armen seines treuen Dieners. Vor dem Tode übergab er die Urkunden seines königlichen Geschlechtes und die Abzeichen seiner Würde dem in seiner Nähe weilenden Stiefsohn, der um vier Jahre jünger war als Sevaros.

Indes war diesem und seinem Begleiter das Reiseglück untreu geworden. Kaum einige Tage auf hoher See von Seeräubern überfallen, wurden zu ihrem unermeßlichen Leide die beiden Flüchtlinge von einander getrennt, Giovanni wurde nach Asien gebracht und Sevaros an einen neapolitanischen Kaufherrn verkauft. Bei diesem Kaufmann wurde ein sizilianischer Edelmann auf den jungen, so vornehm aussehenden Sklaven aufmerksam und erhandelte ihn, um ihn seinem Neffen als Hausgenossen zu bringen. Die beiden fanden viel Gefallen aneinander. Der junge Edelmann, eine Doppelwaise, hing bald in großer Liebe an Sevaro, der wegen seiner umfassenden Bildung überall Aufmerksamkeit erregte.

Schon über Jahr und Tag der Heimat ferne, traf er einmal persische Kaufleute, die ihn durch die Mitteilung von dem Tode seines Vaters in tiefe Traurigkeit stürzten. Sie erzählten ihm dann noch, daß der alte Sultan gestorben sei, unter dem neuen aber die Verfolgung der Andersgläubigen aufgehört und eine milde Regierungsweise eingesetzt hätte. Auf diese Kunde hin schiffte er sich sofort nach Persien ein. Nun begab es sich, daß er auf dem Schiffe einen Matrosen traf, der mit ihm und Giovanni auf dem von den Seeräubern gekaperten Schnellsegler gewesen war, sich später der Sklaverei durch eine kühne Flucht entzogen hatte und dem jungen Parsen eine Stadt in Ägypten als den jetzigen Aufenthaltsort von dessen

Hofmeister angab. Sofort änderte Sevaro seinen Reiseplan und fuhr nach Ägypten, wo er zu seiner unaussprechlichen Freude die Angabe des Matrosen bestätigt sah und Giovanni als Sklaven eines Kamelzüchters vorfand. Er kaufte ihn sofort los und begab sich mit dem erlösten Freunde, der sich nicht mehr von ihm trennen wollte, zuerst nach Griechenland und dann, um der Traurigkeit über den Tod des geliebten Vaters Herr zu werden, nach Indien, dessen uralte Weltweisheit er an der Quelle studieren wollte. Vorher hatte er Giovanni zu seinem Bruder in die Heimat geschickt, um diesen von seinem Wohlbefinden Kunde zu geben und ihn um Geld für die große Reise zu bitten.

Nun zog er beinahe drei Jahre mit Giovanni in Indien und China herum, erlebte die seltsamsten und gefahrvollsten Abenteuer, saß zu Füßen der großen Brahminen und Buddhapriester, las die tausende Jahre alten Bücher, lernte die geheimen Lehren mächtiger Religionen kennen, ward umgeben von der magischen Pracht der Höfe des Großmoguls und seiner Fürsten und jeden Tag enträtselten sich ihm mehr die Geheimnisse der Natur und des Lebens. So erlangte er die Weisheit, deren spätere Auswirkung ihn so mächtig und sein Volk so glücklich machte.

Sevaro, in sein Vaterland zurückgekehrt, nahm aus den Händen des Stiefbruders sein von diesem während seiner Abwesenheit verwaltetes väterliches Erbteil und wurde von den Parsen zu ihrem Oberpriester gewählt. Als solcher überstrahlte er an Macht und Ansehen in kurzer Zeit die meisten seiner Vorgänger. Das Volk lief ihm in Haufen zu und pries mit lautem Munde sein Wissen, seine Güte und Redlichkeit. Von allen Ecken und Enden wallten die Parsi zu dem Sitz des neuen Oberpriesters der Sonne, baten ihm um Rat in allen möglichen Dingen, legten ihm die verwirrtesten Streitfälle zur Schlichtung vor, während ihm die Kranken ihre bresthaften Leiber zuschleppten, die er heilen sollte. Und niemand ging ungetröstet von seiner Türe, die Urteile, die er fällte, wurden berühmt wie die Salomons und die Bresthaften fanden Heilung und Linderung unter seinen glücklichen Händen. Für ihn gab es keine Ruhe, Tag und Nacht gab er sich dem Dienste der Gottheit und seines Volkes hin und selbst die wenigen Stunden seiner Erholung füllte er mit der Suche nach noch größerem Wissen, als er schon besaß, aus. Er lud Weise aus fremden Ländern und anderen Religionen angehörend ein, mit ihm und seinen Unterpriestern zu disputieren, führte unbekannte Gewerbe in seiner Heimat ein, ließ Künstler aus Italien und Indien kommen und jeder Wanderer, der ferne Gebiete, unbekannte Erdteile durchstreift hatte, war sein Gast und wenn es auch ein Bettler oder Aussätziger war.

Eines Tages wurde ihm ein Seemann gebracht, der behauptete, auf seiner letzten Reise Schiffbruch erlitten zu haben und zwar an der Küste eines Landes, das im Süden des Weltenmeeres liegen sollte, wo man bisher kein Land vermutet hatte. Der Seemann erzählte weiter, daß er und seine mit ihm geretteten Gefährten auf Männer und Frauen von riesenhafter, aber sonst wohlgebildeter Gestalt gestoßen wären, die sie mit Zeichen freundlichst willkommen geheißen und ihnen für die ganze Zeit ihres unfreiwilligen Aufenthaltes Lebensmittel und Behausung verschafft hätten. Das Volk wohne in Rindenhütten, gehe zumeist nackt und lebe vorzüglich von der Jagd, der man mit Pfeilbögen und Keulen nachgehe. Als besondere Seltsamkeit, die dem Oberpriester viel zu denken gab. erzählte der Matrose noch, daß diese Wilden, gleich den Parsis, die Sonne anbeteten und mit einem Nachbarvolk einen blutigen Krieg führen mußten, weil dieses ihnen eine ketzerische Art des Sonnenglaubens aufdrängen wollte.

Nach langen Besprechungen mit dem Seemann, der die Wahrheit seines Berichtes feierlichst beschwor und außerdem einen glaubwürdigen Eindruck auf Sevaros und seine Räte machte, beschloß dieser, eine Expedition von drei Schiffen nach diesem geheimnisvollen Südland auszurüsten, deren Führung er selbst übernahm.

Mit einer großen Anzahl tüchtiger Seeleute und gut bewaffneter Krieger seines Volkes verließ er die Heimat und gelangte nach einer langen sturmreichen Fahrt immer in der Richtung nach Süden, glücklich an eine langgestreckte Küste, die der als Führer mitgenommene Seemann als diejenige erkannte, wo sein Schiff gestrandet war. An einer vorteilhaften Stelle warfen sie Anker. Doch ehe er selbst ans Land stieg, schickte er den Seemann, der von seinem Aufenthalte her etwas die Sprache der Wilden kannte, mit einigen unbewaffneten Leuten, die Geschenke trugen, zu den Eingeborenen und befahl ihm als Botschaft an diese auszurichten, daß ein treuer Diener der ewigen Sonne an ihre Küste gekommen sei, um ihnen im Kampfe gegen ihre ungläubigen Feinde mit seinen tapferen Kriegern beizustehen. Seine Schar wäre nicht groß, aber mit den Blitzen des zornigen Himmels – damit meinte er die Feuerwaffen – bewaffnet, gegen die es keinen Widerstand gebe.

Die Abgesandten wurden von den Eingeborenen freundlich empfangen und die Botschaft Sevaros an sie hatte den Erfolg, daß sie sofort an das Ufer strömten, zum Zeichen ihrer friedlichen Gesinnung mit Baumzweigen winkten und die Schiffe mit freudigen Zurufen in ihrer Sprache begrüßten. Auch brachten ihre Weiber, die, nicht so stark gebräunt wie die Männer, schöne Formen und edle Gesichtszüge zeigten, Früchte und Speisen aller Art in Menge an das Ufer und bedeuteten der Schiffsmannschaft mit Handbewegungen, sie möge sich dieser guten Sachen bedienen. Das Hauptschiff wurde durch einen Steg mit dem Lande verbunden und es begaben sich nun mehrere Häuptlinge der Eingeborenen zu Sevaro, dem sie kunstvoll geschnitzte Keulen, Lanzen und köstliche Früchte als Geschenke überbrachten. Sie verwunderten sich nicht wenig über die Größe und Einrichtung des Schiffes, besonders die blanken Kanonen machten auf sie einen tiefen Eindruck und als sie von deren Zweck und Wirkung von dem Dolmetsch unterrichtet wurden, wollten sie abergläubisch vor den Geschützen niederknien, da sie in ihnen die Wohnstätten kleinerer Feuergottheiten zu sehen glaubten.

Nach diesem Empfang, dem eine reichliche Bewirtung der Häuptlinge folgte, gaben diese den Steuerleuten einen geeigneten Hafenplatz an, wo die Schiffe geschützt vor Sturm und Brandung vor Anker gehen konnten. Es war dies an der Stelle, wo wir Schiffbrüchigen vom »goldenen Drachen« unsere zweite Lagerstadt errichtet hatten. Aus Vorsicht, da er noch nicht wußte, ob den so harmlos sich gebenden Wilden auch vollständig zu trauen war, ließ er auf dem festen Lande noch kein Lager aufschlagen, sondern verblieb vorderhand mit seinen Leuten noch auf seinen sicheren Schiffen, auf denen er in den nächsten Tagen viele andere Häuptlinge empfing, die auf die Kunde von der Ankunft des fremden, mächtigen Sonnenpriesters neugierig herbeigeeilt waren. Klug, wie er war, versäumte er nicht, ihnen nebst seiner Gastfreundschaft und Freigebigkeit auch seine Macht zu beweisen, zu welchem Zwecke er vor ihnen seine Musketen und Kanonen abschießen ließ. Als sie das erste Mal den Donner der Schüsse hörten, fielen sie in furchtbarem Schrecken platt auf die Erde nieder und nur nach vielem Zureden wagten sie wieder aufzustehen. Von da ab betrachteten sie Sevaro als einen Abgesandten der Sonne selbst und bezeugten ihm göttliche Verehrung.

Er selbst begann mit Hilfe des Dolmetsches ihre Sprache zu studieren, versuchte ihre Sitten und Gebräuche verstehen zu lernen und vor allem war es ihm darum zu tun, ihr Vertrauen zu gewinnen, was ihm auch in kurzer Zeit gelang. Denn sie waren gutmütig und offenherzig wie Kinder, konnten sich unbändig über eine Glasperle oder ein buntes Band freuen und weihten Sevaro in alle ihre Lebensgewohnheiten ein, die wohl die einfachsten von der Welt waren. Sie lebten in Stämme gesondert, hatten aber einen gemeinsamen Kriegshäuptling, dem sie ihre starken Jünglinge sandten. Kleidung trugen sie nur in der feuchten Jahreszeit und diese bestand in einem einfachen Fellüberwurf, sonst gingen sie nackt. Ihre Nahrung war das Fleisch jagdbarer Tiere, besonders einer großen Hirschart, dann wildwachsende Baumfrüchte und eine Knollenfrucht, die ihre Frauen anbauten und die das Brot ersetzte. Sie beteten in der einfachsten Weise die Sonne als Schöpferin alles Lebens an und opferten ihr die Erstlinge der Früchte und junge, lebend eingefangene Tiere. Sie hatten unter den Einfall kriegerischer Nachbarn viel zu leiden, gegen deren Grausamkeit sie sich kaum wehren konnten, da diese in großer Überzahl waren. Viele von ihnen, besonders Frauen und Kinder, waren schon in die Sklaverei verschleppt worden. Sie wehrten sich jedesmal auf das tapferste, doch sahen die einsichtigen Stammeshäuptlinge mit Schmerz und Schrecken die völlige Unterjochung ihres Volkes in absehbarer Zeit voraus, wenn die göttliche Mutter Sonne sich ihrer Lieblingskinder nicht erbarmte und dem mächtigen Feind Verderben schickte.

Dieses Wunder war nun trotz aller kleinlichen Zweifler im Begriff sich zu vollziehen. Von einem fernen Reiche, vielleicht vom strahlenden Himmel selbst, war der oberste Priester der hilfreichen Sonne selbst gekommen, um ihnen mit seinen gewaltig bewaffneten Kriegern, die zwar seltsamer Weise viel kleiner waren als sie, mit seinen in blitzenden Röhren wohnenden Feuergeistern, mit seiner

Klugheit im Kampfe gegen den Erzfeind beizustehen, der gerade jetzt wieder, wie die Späher meldeten, einen Überfall plante. Dieser kam Sevaro nicht ungelegen, gab er ihm doch Gelegenheit, seine Macht den Eingeborenen zu beweisen. Rasch besprach er sich mit dem Kriegshäuptling und seinen Nebenhäuptlingen, die ihm gerne die Führung in dem bevorstehenden Kampfe überließen und ihm mit ihren Kriegsleuten Treue und Gehorsam gelobten. Nun war sein Erstes, daß er das Gebiet kennen lernte, von dem der Einbruch des Feindes zumeist erfolgte. Er fand daselbst eine Bergkette als natürliche Grenze vor, deren wenige Felsenpässe sich leicht befestigen ließen, besonders mit Hilfe einiger leichter Feldschlangen, die er in Felsenwinkeln aufstellte, von wo aus sie die Paßwege gut bestreichen konnten. Auch mußten die Eingeborenen im mächtigem Umkreis Schanzen auswerfen, die er mit dem Rest seiner Kanonen bestückte und mit einer dünnen Kette eingeborener Bogenschützen und Keulenschleuderer besetzte. Er selbst legte sich mit zweihundert von seinen sechshundert persischen Kriegern, die alle mit Musketen, krummen Schwertern und Dolchen bewaffnet waren, in einem Walde, in dessen Dickicht die breiteste Paßstraße mündete, in den Hinterhalt, nachdem er vorher einem Heerhaufen Paramben, so nannten sich seine neuen Freunde, befohlen hatte, den Feind aufzusuchen und langsam kämpfend zurückweichend in die ihm gestellte Falle zu locken.

Als nun die Karamen, diesen Namen führte das mächtige Volk der Feinde, der Paramben ansichtig wurden, waren sie über deren Kühnheit so verblüfft und ihrer Übermacht so sicher, daß sie jede Vorsicht außer acht ließen und in gewaltiger Zahl dem sich zurückziehenden Gegner nachstürmten. Ihr Kriegskönig frohlockte, denn diesmal schien es ihm sicher, das kleine aber fruchtbare Küstenreich unterjochen zu können. Der größere Teil ihres Heeres folgte mit Siegesgeschrei den weichenden Paramben in den Hauptpaß nach, den Sevaro sie bis zum letzten Mann durchschreiten ließ; als sie sich aber in dem Wald befanden, fiel er mit Schuß und Stoß über sie her, hunderte Schüsse krachten und eben so viel Karamen wälzten sich sterbend am Boden. Die Überlebenden packte panischer Schrecken. Sie glaubten die Paramben im Bunde mit den furchtbaren Geistern des glühenden Erdinnern und flohen Hals über Kopf zurück. Nun aber begannen die in den Felsschlünden an den Seiten des Passes versteckten Stückmeister ihre Arbeit und schossen ihre Feldschlangen in die Massen der Fliehenden ab, von denen nur wenige in die heimatlichen Dörfer zurückkehrten, wo sie beinahe sprachlos die Vernichtung ihrer stolzen Heersäulen verkündeten, denn auch den übrigen Teilen ihrer Kriegsmacht war es bei den anderen Gebirgsübergängen nicht besser ergangen. Nach dieser, für die übermütigen Feinde so verderblichen Schlacht, die den Paramben außer vielen Gefangenen und erbeuteten Waffen und Schätzen aller Art auch die Befreiung von der ewigen Bedrohung ihrer Freiheit brachte, versammelten sich ihre Vornehmsten, um Sevaro den Dank des Volkes abzustatten. Er nahm diesen und die Bezeugung ihrer Ergebenheit auf das bescheidenste entgegen und antwortete ihnen, daß sie nicht ihm, sondern dem allmächtigen Geist des Lichtes zu danken hätten. Diesem sollten sie ein feierliches Opfer bringen, der Größe seiner Hilfe angepaßt.

Da machten sich die Paramben mit Freude daran, mitten auf dem Schlachtfelde einen mächtigen Altar zu erbauen. Als dieser fertig war, zog Sevaro seinen prunkvollsten Priesterornat an, in dessen strahlender Pracht er aussah als wäre er der Sonne entstiegen, opferte unter feierlichen Zeremonien Waffen und Feldfrüchte, während eine gewaltige Menge Volkes in tiefster Andacht rundum auf den Knien lag und dem goldenen Gestirn für seine Rettung dankte.

Die Paramben wollte ihre Dankbarkeit gegen Sevaro bezeugen, indem sie ihm die Kunde überbrachten, sie hätten ihn mit begeisterter Zustimmung zum ständigen obersten Kriegshäuptling erwählt und baten ihn, bei ihnen zu bleiben. Da dieser Antrag seinen geheimen Plänen entgegenkam, nahm er ihn an und gab nun sofort Befehl zur Errichtung eines festen Lagers nach Art einer persischen Stadt. Gleichzeitig sendete er zwei Schiffe unter der Führung Giovannis in seine Heimat zurück. Dieser sollte an die rechtgläubigen Parsen die Umfrage ergehen lassen, wer gewillt sei, ihm nach diesem gesegneten Sonnenland zu folgen, um hier, frei von jeder Unterdrückung, eine neue Heimat zu gründen. Er legte ihm dabei das größte Stillschweigen gegen Andersgläubige und Unzuverlässige auf, damit die Lage und der Reichtum des Landes nur den Parsen, die hierher kämen, bekannt werde.

In Sevaros Plan war es nicht gelegen, die so fürchterlich geschlagenen Karamen wieder zu Atem kommen zu lassen. Mit einem gut ausgerüsteten Parambenheere, verstärkt durch seine Musketiere und Feldschlangen, überquerte er das Gebirge und drang in das flache Land des Feindes ein. Die Karamen hatten sich von ihrem ersten Entsetzen erholt und, von mutigen Häuptlingen gesammelt, stellten sie sich wieder in gewaltiger, dem Heere des Sevaro weit überlegener Zahl zum Kampfe. Wieder entbrannte eine wütende Schlacht, die Tag und Nacht dauerte und in der auf beiden Seiten Wunder der Tapferkeit verrichtet wurden. Aber die wilde Kampffreude und Übermacht der Karamen wurde zunichte vor dem niederschmetternden Feuer der Musketen und Feldschlangen. Auch dünkten sich die Paramben unter Führung des in einer silbernen Rüstung an ihrer Spitze kämpfenden Oberpriesters unüberwindlich und griffen mit rasender Wut den Feind an, bis dieser in kopfloser Flucht auf der ganzen Linie die Schlacht aufgab. Nach diesem gewaltigen Siege ergaben sich alle in der Niederung nahe der Grenze wohnenden Karamen bedingungslos dem Sieger und seinen Scharen. Es war ihnen nach dieser zweiten verlorenen Schlacht zur Gewißheit geworden, daß Sevaro mit seinen entsetzlichen Feuerrohren ein Abgesandter des Himmels war, gegen den noch weiter zu kämpfen ein Irrsinn gewesen wäre. Die meisten von ihnen aber flohen, die Rache der Paramben fürchtend, in die dichten Wälder. So zog Sevaro, ohne auf weiteren Widerstand zu stoßen, bis in die Mitte des feindlichen Reiches und kam an die Gabelung der zwei mächtigen Flüsse, wo heute Sevarinde, die prächtige Stadt, ihre Marmortürme erhebt. Die Gegend gefiel ihm so gut, daß er beschloß, hier für die nächste Zeit ein befestigtes Lager zu errichten, von dem aus er die besiegten Karamen durch Unterhändler gewinnen und zu einem gütlichen Frieden überreden lassen wollte. Da er, um zu diesem Zweck zu gelangen, alle Gefangenen, die er bisher auf das freundlichste behandelt hatte, entließ, kamen ihm die Karamen selbst mit der demütigen Bitte, mit ihm einem glimpflichen Frieden abschließen zu dürfen, entgegen. Er nahm ihre Abgesandten wohlwollend auf und legte ihnen so leichte Bedingungen auf, wie sie sich diese nur wünschen konnten. Sie wurden nur zu einer Schätzung von Brotfrüchten und anderen Nahrungsmitteln für die nicht allzugroße Besatzung des Lagers verurteilt. Die Karamben, froh über die milde Behandlung und erstaunt über Sevaros Milde,

brachten der guten Dinge so viele in das Lager und zeigten eine
solche Unterwürfigkeit, daß zwischen den ehemaligen Feinden bald
das beste Einvernehmen herrschte.

Mehrere Wochen nach diesem Friedensschluß kehrte Giovanni
von seiner Reise nach Persien zurück. Seine Werbung hatte guten
Erfolg gehabt, denn er führte seinem Herrn an 1000 Parsen, lauter
kräftige gesunde Menschen zu und brachte eine Menge Waffen und
andere notwendige Gegenstände mit. Da nun Sevaro wieder einen,
ihm bis in den Tod getreuen Menschen neben sich wußte, faßte er
den Entschluß, mit eigenen Augen den Zustand des Hinterlandes
und seiner Eingeborenen zu erkunden. Er ließ deshalb Giovanni als
Befehlshaber des Lagers zurück und drang mit einer kleinen Schar
auserwählter Leute bis an die 10 Meilen in das Innere vor. Er fand
ein äußerst fruchtbares, zumeist ebenes, mit herrlichen Wäldern
bedecktes Gebiet vor, in dem die Eingeborenen in Laubhütten und
Zelten zu größeren und kleineren Dörfern vereint ein sorgenloses
Dasein führten, da ihnen die hier unerschöpfliche Natur alles gab,
was sie zum Leben benötigten. Das Klima war zumeist von einer
wundersamen warmen Milde, allenthalben gab es das herrlichste
Süßwasser und die Erde war, ohne gepflegt zu werden, von einer
unerhörten Gebefreudigkeit. Dazu gab es jegliches Wild in Hülle
und Fülle und das Auge konnte sich an den mannigfaltigsten Land-
schaftsbildern erfreuen.

Als Sevaro wieder heim ins Lager kehrte, war es bei ihm eine be-
schlossene Sache, sich und den Parsen hier ein neues Reich der
Sonne zu gründen. Seine erste Sorge war nun, das Lager in eine
Stadt mit festen Mauern und elementesicheren Häusern umzuwan-
deln. Darum redete er eines Morgens nach dem Opferdienst die
Paramben folgendermaßen an:

»Paramben! Als der Opferrauch breit und dicht zur ewigen Sonne
emporstieg, verkündigte sie mir mit tausend feurigen Zungen ihren
Wunsch, in diesem Lande einen steinernen Tempel zu besitzen, wie
ihrer gar viele in meiner Heimat dem Gottesgestirn zu Ehren errichtet sind. Wenn Ihr nun diesem göttlichen Befehl mit Eifer und Liebe
nachkommen wollt, so wird sie von nun an all Euer Tun segnen mit
vielfacher Gnade.

Die andächtig Zuhörenden gaben durch lautes Rufen ihre Bereitwilligkeit, stets mit all ihren Kräften an dem Bau des Tempels mitzuwirken, kund. Der Oberpriester ließ nun von Fachleuten, die aus Persien mitgekommen waren, im Lande nach Steingruben suchen, von denen auch eine Anzahl mit mächtigen Marmorlagern gefunden wurde. Ein solches Lager aus blendend weißem Marmor entdeckte man unter anderem gleich neben dem Lagerplatz des Heeres, an dessen Stelle Sevaro die Erbauung der Stadt plante. Tausende Werkleute waren nun unter der Leitung eines persischen Baumeisters tätig, in der Mitte der Halbinsel einen herrlichen Tempel und um diesen schöne Häuser für die Unterpriester und für öffentliche Zwecke, wie Ratsversammlungen, Gerichtshaltung, Verspeicherung der Nahrungsmittel zu errichten.

Doch gab sich Sevaro mit dem Bau dieser Häuser nicht zufrieden, sondern schenkte vielfachen Dingen seine nimmer ruhende Fürsorge. So war es ihm vor allem darum zu tun, die Gebiete durch gute Straßen zu verbinden. Besonders die Pässe des Grenzgebirges gegen das Meer zu ließ er erweitern und schützte ihre Sicherheit durch steinerne Wachtürme. Sodann mußten persische Bauern die Paramben und Karamen in der Urbarmachung des Bodens, im Pflügen und im Aussäen der verschiedenen Getreidearten unterweisen. Auch gab er Befehl zum Bau größerer und kleinerer Schiffe, ließ Wasserleitungen anlegen, die wilden Obstbäume veredeln. Wo ehemals Wälder und Unkraut wucherten, entstanden unter seiner Leitung Gärten und aus weitester Ferne kamen die Paramben und Karamen, die jetzt jede Feindschaft begraben hatten, um den Zauberer aus dem geheimnisvollen Sonnenlande, von dem so viel gute Kunde herumging, zu sehen. Die meisten von ihnen kehrten nicht mehr in ihre Heimat zurück, sondern baten den Perser, in seiner Nähe bleiben und an dem allgemeinen Werk mitarbeiten zu dürfen. Auch von Persien, mit dem Sevaro unter Leitung des schlauen, verschwiegenen Giovanni jahrelang eine geheime Schiffsverbindung unterhielt, kamen fortwährend persische Bauern, Handwerker und Künstler in das Südland, wo sie schon in ihrem Nationalstolz ein neues persisches Reich erstehen sahen, mit der doppelten Glorie des versunkenen umgeben. Diese Parsen wandten ihren ganzen Fleiß, ihr höchstes Können auf, um der neuen Heimat, die von Natur aus schon ein Paradies war, Reichtum, Schönheit und Größe zu verleihen.

Unterdessen waren die Mauern des Tempels und der paar Gebäude um ihn immer höher geworden, einige von diesen waren schon bedacht und zeigten sich in ihrem Ornamentenschmuck und den riesigen weißen Marmorwänden und Türmen gar herrlich und eindrucksvoll den staunenden Gemütern der Eingeborenen. Sevaro arbeitete nun einen Entwurf des Stadtplanes aus, gleichzeitig entwarf er die Form und die hauptsächlichsten Gesetze der Regierung, die er in Kürze aufrichten wollte. Denn seitdem er, so weit es ihm nur möglich gewesen, das Land der Paramben und Karamen durchforschte, deren Sitten und Gebräuche, ihre guten Eigenschaften, wie Gutmütigkeit, Edelmut, leichte Auffassungsgabe genau kennen gelernt hatte, sah er die Aufgabe seines Lebens darin, für sie ein neues mächtiges Reich der Sonne, mit sich als König an der Spitze, zu errichten. Alle Anzeichen sprachen dafür, daß ihm dies ohne große Schwierigkeiten gelingen werde. Sein Ansehen, begründet durch die zwei gewonnenen Schlachten, war noch fortwährend gestiegen. Seine glücklichen Medizinkuren, die weisen Urteile, die er fällte, seine kühnen Bauten, die seltsamen Instrumente, mit denen er hantierte, hatten die Anschauung des Volkes, daß er ein Abgesandter der Sonne sei und über unirdische Kräfte verfüge, zu festem Glauben umgewandelt. Und er tat alles, was dazu angetan schien, sich dem Volke angenehm zu machen. So war er auch unter anderem, obzwar er schon eine Frau und Kinder besaß, die er hatte nach dem Südland kommen lassen, zwei Ehen mit den Töchtern eines parambischen und karamischen Edlen eingegangen, deren weitverbreitete und mächtige Familien er nun ganz auf seiner Seite hatte. Auch konnte er sich auf die Treue und Ergebenheit des von ihm aufgestellten und sich von Tag zu Tag vergrößernden Heeres verlassen, dessen Unteranführer und Lehrer Perser waren. Aber er ließ sich gute Zeit, wollte nicht übereilt handeln und sah mit Vorsicht die Dinge reifen, die er zur Ausführung seines großen Planes brauchte und gab sich einstweilen alle Mühe, das Volk, das er beherrschen wollte, in all seinem Treiben kennen zu lernen.

Karamen und Paramben gehörten einer Rasse an und zeichneten sich alle, wie schon erwähnt, durch einen riesenhaften Wuchs aus. Ihre Moral war eine ziemlich hochstehende, Diebstahl, gemeiner

Mord, Ehebruch – es herrschte Vielweiberei – wurden auf das här-
teste bestraft. Dagegen bestand die Unsitte der allernächsten Ver-
wandtenehe und Kindersklaverei, die abzuschaffen sich Sevaro auf
das Ernsteste vornahm. Zwischen den einzelnen Gemeinden gab es,
außer in Kriegszeiten, keinen Verkehr, nicht einmal zu den großen
Festen der Sonne, und es war nicht gestattet, ein Weib aus einem
anderen Dorfe zu heiraten. Nur die gewählten Ältesten kamen
viermal im Jahre um Mitternacht an einem bestimmten Ort zu einer
Beratung zusammen. Da wurde immer auf drei Monde der Kriegshäuptling gewählt und die Kopfzahl des Volkes bekannt gegeben.
Die Paramben hatten an 300.000 Köpfe, die der Karamen zählten an
400.000. Ihre Sprache klang sehr weich und harmonisch, nur hatte
sie nicht viele Worte und noch weniger Schriftzeichen. Von Kunst
kannten sie nur die Holzschnitzerei und einer Art Flöte entlockten
sie einfache Melodien, zu denen sie einen Reigen tanzten.

Alle Männer waren vorzügliche Läufer und treffliche Bogenschützen und Keulenwerfer. Sie jagten am liebsten einen großen
Hirsch und ein weißgrau gefärbtes Kamel, dessen Jagd Sevaro später verbot, um es einfangen und für Zug- und Reitdienste abrichten
zu lassen. Pferde, Schafe, Kühe, die der Oberpriester in Persien
einkaufen und herüberbringen ließ, waren ihnen unbekannt, ebenso
unsere Geflügelarten,

Sevaro sah von Tag zu Tag mehr ein, daß aus diesem prächtigen
Menschenstamm mit Hilfe der Kultur ein mächtiges und glückli-
ches Reich zu gründen sei und freute sich von ganzem Herzen über
sein Schicksal, der Gründer dieses Reiches zu werden.

So vergingen drei Jahre. Da ward eines Tages der letzte Stein in den prächtigen Tempelbau gefügt, um den schon eine große Zahl von Gemeinschaftshäusern standen, in denen aber noch nicht so viel Menschen beisammen wohnten, als in den mächtigen Gebäuden, die ich vorfand. Nun glaubte Sevaro, daß es an der Zeit sei, das neue Reich und sich als dessen erstes Oberhaupt auszurufen.

Zu diesem Zwecke veranstaltete er ein großes Fest, der Sonne zu Ehren und lud dazu die Vornehmsten der Paramben und Karamen ein. Nach den feierlichen Umzügen, Opferungen und anderen Zeremonien vereinigten sich die Gäste bei einem Gastmahl. Als nun diese in bester Stimmung waren und ein über das andere Mal den freigebigen Sevaro lobten, seine Weisheit und Güte priesen, ließ er durch einen seiner parambischen Vertrauten der Versammlung von Ratsältesten und Häuptlingen den Vorschlag machen, sich zu einem Staatswesen zu verbünden und ein Oberhaupt, mit königlicher Gewalt ausgestattet, zu wählen. Die parambischen sowohl als die karamischen Edlen stimmten dem Vorschlag begeistert bei und alle riefen sogleich, Sevaro müsse der Fürst des neuen Reiches werden. Sevaro spielte zuerst den Erstaunten und weigerte sich zum Scheine sehr, diese hohe Würde anzunehmen. Er fühle sich viel zu schwach für die Anforderungen dieses Amtes, sagte er, er sei ja auch kein Eingeborener und befürchte, sie nicht genug weise und gerecht regieren zu können. Als sie aber seine Weigerung und deren Gründe nicht anerkannten und weiterhin in ihn drangen, ihr König zu werden, bat er, sie möchten es ihm wenigstens verstatten, sich zuerst mit seiner und aller ihrer Herrin, der Sonne, beraten zu dürfen. Die Versammlung war damit einverstanden. Alle begaben sich mit Sevaro in den Tempel, in dem der Oberpriester vor dem Bilde des göttlichen Lichtes ein mächtiges Räucherwerk anzündete und in einem langen Gebet die Sonne mit vor Erregung bebender Stimme um ein Zeichen ihres Willens bat. Seine Gefolgschaft lag währenddem hinter ihm im angstvollen Lauschen, in das auch einmal, als das Gebet verstummte, ein unaussprechlich süßer Harfenton fiel, der wie Duft unirdischer Blumen vom Himmel zu kommen schien. Er enttönte den Geigen persischer Musikmeister, die hinter dem Opferaltar aufgestellt waren. Aber die verzückte Menge war der festen Meinung, daß es die Musik himmlischer Wesen sei, von der Sonne gesendet, ihrem Oberpriester zur Ehre. Und als dann noch der fremdartige, feierliche Gesang einiger parsischen Jungfrauen aus einer verborgenen Nische des Tempels zur Höhe schwebte, dem Loblied einer Schar Engel ähnlich, da sah alles in Sevaro nun auch den Auserkorenen der Sonne. Diesem aber war es selbst so, als hätte aus dem Qualm des Brandstoßes eine metallene Stimme zu ihm gesprochen:

»Gehe hin und regiere diese Völker, mir, Deiner Person und den Menschen zum Wohlgefallen!«

Und er drehte sich, wie in einem feurigen Sturm stehend, zu den Anwesenden und verkündigte ihnen den Willen der Sonne, also daß er ihr König werden und das neue Reich der Sonne gründen sollte. Als Antwort umbrauste ihn nicht endenwollender Jubel, die Vordersten küßten ihm Hände und Füße, alle schworen ihm ewigen Gehorsam und schickten sofort eine Unzahl Boten in alle Windrichtungen, um diese freudige Botschaft allem Volke zu verkünden.

Des neuen Königs erster Regierungsakt war, daß er das neugegründete Reich Sarambi nannte. Er selbst blieb seinem Namen treu. Tag und Nacht gönnte er sich nun keine Ruhe und war unermüdlich tätig, dem Reiche geordnete Zustände zu geben. Mit Giovanni zusammen hatte er in vielen Nächten, nach langen Beratungen und Überlegungen einen Gesetzentwurf ausgearbeitet; der die Grundmauer für die künftige Ordnung des Reiches bilden sollte. Er stellte vor allem sieben Stände auf, und zwar den der Bauern, der Handwerker, der Künstler, der Kaufleute, der Gelehrten, des Adels und den der Priester, hohen Regierungsbeamten und Oberbefehlshaber des Heeres. Das Ackerland sollte zu 6 Teilen an die Bauern gleichmäßig verteilt werden, zu 4 Teilen im Besitz der Regierung bleiben, die aus seinem Erträgnis die Krankenhäuser, Schulen, Kasernen und sonstige öffentliche Anstalten zu beteilen hatte. Sevaros oberster Grundsatz war, keinen Hungernden in seinem Lande zu wissen. Sarambi sollte nicht das Elend der europäischen und asiatischen Reiche zu tragen haben, das Sevaro genugsam auf seinen Reisen gesehen und immer als größtes Verbrechen der Reichen und Mächtigen angesehen hatte. Die Lasten des Staates sollte jeder Einwohner nach seinem Einkommen und seiner öffentlichen Würde zu tragen haben. Alle öffentlichen Gebäude, wie Theater, Bibliotheken, Bildergalerien sollten jedermann zugänglich und unentgeltlich zu besichtigen sein. Als Hauptverbrechen hatten neben dem Mord, der Sittenlosigkeit, dem Diebstahle vornehmlich noch zu gelten: Hochmut, Geiz und Müßiggang. Gericht sollte stets öffentlich gehalten werden und vor ihm vollständige Gleichheit herrschen. Der Tag wurde in drei gleiche Teile geteilt, der erste zur Arbeit, der andere zur Unterhaltung, der dritte zur Ruhe. Von einem gewissen Alter an sollte bei einem jeden Untertanen die Pflicht zu arbeiten erlöschen und ihm ein ruhiger, sorgenloser Lebensabend gesichert sein.

Es kostete Sevaro nicht viel Mühe, die von Natur aus aufgeweckten, gutmütigen und der Arbeit nicht abgeneigten Eingeborenen von der Vortrefflichkeit seiner ersten Gesetze zu überzeugen. Auch war ihnen die Form der Gütergemeinschaft beinahe etwas Selbstverständliches, da sie diese in einer milderen Art schon seit urvordenklichen Zeiten in ihr Gemeindewesen eingeführt hatten.

Sevaro regierte bei 50 Jahre lang das von ihm gegründete Reich, machte er nach innen und außen mächtig und stark. Viele Städte gründete er. Die Einwohnerzahl stieg um das Vielfache, denn durch seine weisen Ehegesetze, Gründungen von Wöchnerinnenheimen, Kinderbewahranstalten war die Ziffer der Geburten um ein Beträchtliches in die Höhe geschnellt, während die Kindersterblichkeit auf einen ganz geringen Stand herabsank. Kunst, Gewerbe und Wissenschaften blühten um die Wette, besonders die Baukunst nahm einen ungemein großen Aufschwung, ebenso die Zucht der Haustiere und edler Pferde und Kamele. Über dem ganzen Reich waltete die nimmermüde Fürsorge dieses gewaltigen Mannes, er gönnte sich mit seinen Ministern kaum wenige Stunden Rast und was er nicht selbst studierte, ausprobierte und dann in seiner Tätigkeit besah, glaubte er nur halb getan. So war es kein Wunder, daß ein lautes Wehklagen durch das Land ging, als er, 80 Jahre alt und den Gebrechen und Schwächen des Alters preisgegeben, seinem einzigen Sohn und jüngsten Kinde Sevaris die Regierungsgewalt übertrug und sich auf ein kleines Landgut zurückzog, um dort noch bis zu seinem leichten Tode wie ein Bauer zu leben. Groß sind seine Worte, die er bei der Übergabe der Sonnenkrone vor einer ungeheueren Volksmenge an seinen Sohn richtete, der bis dahin ein einfacher Beamter in irgend einer fernen Grenzstadt gewesen war, nachdem er vorher als Bauer, Handwerker und Gelehrter, jeden Beruf ein paar Jahre ausübend, hatte leben müssen. Sevaro sprach:

»Ehe ich Dir im Namen unserer aller Sonne die Gnade verleihe, ein mächtiges Volk regieren zu dürfen, finde ich es als mein Gebot, an Dich, o mein Sohn Sevaris, einige Ermahnungen zu richten, die zu befolgen ich Dich zu Deinem und des Volkes Heil bitte. Die Ursache, die uns hier versammelt hat, ist, daß Du, gestern noch einer von meinen Millionen Untertanen, heute der Mittelpunkt des Reiches, sein König werden sollst. Ich steige mit Freude und demütiger Genugtuung die Stufen des Thrones hinab, auf denen Du mit gleicher Freude und tiefem Bewußtsein größter Verantwortung diesen besteigen sollst. Dieses Verlassen und Einnehmen des Thrones ohne Kampf zwischen uns beiden und Widerspruch des Volkes soll ein gutes Symbol für immerwährende Zeiten sein! Es ist nicht meine Macht und zuletzt auch nicht meine Schwäche, die Dir die Krone reichen, sondern der Wille des göttlichen Gestirnes dort oben und nicht Ehrfurcht und Hoffahrt dürfen Dich zwingen, sie auf Dein junges Haupt zu setzen, sondern nur der Gehorsam und die Lust, der ewigen Sonne und ihrem Volke mit all Deinen Kräften und Gedanken zu dienen. Hohe, kühne Pläne sollen Dich erfüllen, aber nicht für Deine Größe. Du selbst mußt Deinen Ruhm darin finden, das Volk mächtig und glücklich zu machen und wenn du auch dafür dem Unglück verfällst. Bedenke, daß Du nur ein Mensch bist, der nicht das Geringste vor den anderen voraus hat. Nackt und schwach wie das Kind eines Bauern oder Handwerkers lagest Du am ersten Tage der Geburt vor dem erstrahlenden Angesicht der feurigen Göttin und eines Hirten Sohn ist keiner größeren Unbeständigkeit des Glückes unterworfen wie Du!

Der hohe Dienst, dem Du Dich widmen mußt, verlangt immerwährendes Wachsein für die anderen Menschen, Strenge gegen Dich selbst, ein reines Gemüt, unerschrockenen Geist und eine Gerechtigkeit, die vor dem eigenen Todesurteil nicht zurückschrecken darf. Gehe nie den Weg der Tyrannei, denn er führt Dein Volk zur Empörung und Dich in die ewige Schande!

So nimm denn aus meinen Händen die Zeichen Deiner Würde, das Szepter und die Krone, mögen sie in jenen ihren Glanz bewahren, den ihnen mein Volk durch seinen Fleiß gab!«

Und er reichte ihm unter tiefer Ergriffenheit des Volkes Krone und Szepter, warf ihm seinen Königsmantel um und stand im einfachen Bauernkleid vor dem Sohne, vor dem er zuerst das Knie beugte, dann ging er unter lautlosem Schweigen der Menge von dannen und verschwand den feuchten Blicken, wie ein abschiednehmender gütiger Gott.

Beinahe 90 Jahre alt starb er. Seinem Andenken wird göttliche Verehrung gezollt.

Ich will nun näheres über das öffentliche und häusliche Leben der Sarambi erzählen, wie ich es während meines mehrjährigen Aufenthaltes bei ihnen kennen gelernt habe. Was mir an diesem Volke als besonders ungewöhnliche Erscheinung auffiel, war seine robuste Gesundheit und hohe Lebensdauer. Krankheitsfälle waren eine seltsame Erscheinung, starb jemand in jungen Jahren, so war der Tod meistens infolge eines Unfalles eingetreten und der Fall wurde als Seltenheit gerade so besprochen, wie bei uns der hundertste Geburtstag eines Menschen. Die Sarambis verdanken dies gewiß ihrer gesunden und natürlichen Lebensweise, die durch strenge Gesetze geregelt ist. So ist jede Art von Betäubung durch geistige Getränke oder narkotische Mittel auf das strengste untersagt.

Schwere Strafen treffen den, der sich seiner Leidenschaft zur Schande des ganzen Volkes untertan zeigt. Ebenso ist die größte Reinlichkeit vorgeschrieben. Amtspersonen untersuchen fortwährend die Wohnungen, ob die Vorschriften eingehalten werden. Jeder Einwohner muß mindestens einmal im Tage ein Bad nehmen und vor und nach jeder Mahlzeit sich die Hände und das Gesicht waschen. Es gibt auch eine Unzahl öffentlicher Bäder, die auf das herrlichste eingerichtet sind.

Die Fortpflanzung ist ebenfalls auf das weiseste geregelt. Da jeder Angehörige des Staates die gleiche Würde als freier Mensch besitzt, mag er nun Ofenheizer oder Minister sein, keine Erbfolge besteht, jeder persönliche Reichtum untersagt ist, so werden nur Ehen aus Liebe geschlossen, denen bekanntlich gesündere und geistig aufgewecktere Kinder entstammen, als den sogenannten Geschäftsehen.

Viel Aufmerksamkeit wird den Leibesübungen jeglicher Art zugewendet. Den ganzen Tag sieht man Gruppen, die sich im gemeinsamen Turnen vergnügen. Verboten sind nur die Spiele, die dazu angetan sind, das Grausame im Menschen zu wecken, wie Ringkämpfe und das Messen der menschlichen Kraft mit der gefangener Tiere.

Der Schönheitssinn und der Sinn für einfache Vornehmheit zeigt sich bei den Sarambi auf das deutlichste in ihrer Kleidung. Den Stoff zu dieser liefern Leinwand, die aus einer Flachsart gesponnen wird, Baumwolle und das Gewebe des Seidenspinners. Auch Gold und Silber, sowie herrliche Edelsteine werden dazu verwendet, doch nur auf unauffällige, geschmackvollste Weise. Die Farbe wird von dem Alter ihres Trägers bestimmt. So wird Weiß zumeist von der Jugend getragen, während die dunklen Farben bis zum Schwarz vom Alter bevorzugt werden. Purpur, in Verbindung mit Gold und Silber, darf wegen der Ähnlichkeit mit dem Farbenschimmer der Sonne nur vom König getragen werden. Die Form der Männerkleider ist eine Toga, unter der sich noch ein weichanliegendes Gürtelhemd an den Leib schmiegt – die Kinder beiderlei Geschlechtes tragen nur dieses – indes die Mädchen und Frauen leicht herabfließende Gewänder gleich denen der alten Griechinnen tragen. Die Männer bedecken ihr Haupt mit einer tütenartigen Mütze in der Farbe ihres Kleides. Die Haartracht ist bei den unverheirateten Männern eine lange, oft bis zu den Schultern reichende, während die Verheirateten verpflichtet sind, das Haar kurzgeschoren zu tragen. Die Jungfrauen flechten sich Zöpfe und tragen keinerlei Kopfbedeckung, dagegen die Frauen auf ihr einfach geknotetes Haar eine niedere Mütze mit Nackenschleier setzen. Da der Kinderreichtum als besondere Gnade der Sonne angesehen wird und eine mit diesem gesegnete Frau große Verehrung genießt, tragen die Frauen auf Geheiß des Königs so viel purpurne Binden um den rechten Arm, als sie Kinder besitzen, die das siebente Lebensjahr erreicht haben. Jeder Einwohner, mag er wer immer sein, bekommt für das Jahr zwei Kleider, eines für die Werktage und eines für die vielen Festtage. Alle drei Jahre wird das Tisch-, Bett- und sonstige Leinenzeug erneuert.

Die gemeinsamen Häuser sind, wie schon des öfteren erwähnt, von gewaltiger Größe. In jedem kann man die schönsten Schnitzereien, Skulpturen und Wandbilder bewundern, die selbst aus dem Wohnzimmer eines Taglöhners die Prunkstube eines reichen Mannes machen. Ebenso sind die Haus- und Dachgärten in ihrer Pracht nicht zu schildern. Die Stuben sind eigentlich Säle, haben reichliche

Luftzufuhr und alle möglichen sinnreichen Vorrichtungen sorgen für die größte Annehmlichkeit und Erlustigung ihrer Bewohner.

Die Mahlzeiten werden dreimal täglich eingenommen und zwar das Frühstück und Mittagmahl gemeinsam in Speisehäusern, während es jedermann gestattet ist, zu Abend in der eigenen Stube ein kaltes Mahl einzunehmen und daran nach seinem Belieben Gäste teilnehmen zu lassen. Die Sarambis sind sehr geselliger Natur und lieben nebst den großen Volksfesten ein heiteres Beisammensein im Kreise der Familie und guter Freunde.

Die Arbeits-, Erholungs- und Ruhestunden sind für alle auf das genaueste eingeteilt. Dazu ist das Pflichtbewußtsein stark ausgeprägt und die Freude an einer den Körper nicht quälenden und zu Schanden machenden Mühe eine so große, daß Faulheit und Widersetzlichkeit beinahe unbekannte Laster sind. Die Kranken, Gebrechlichen und diejenigen, die das 60. Lebensjahr erreicht haben, sind von jeder Tätigkeit ausgeschlossen. Wundervoll gelegene Gebäude, mit den herrlichsten Gärten, Terrassen, Haustheatern stehen für die Aufnahme der Kranken und der Greise bereit. Dort werden sie von geschickten Ärzten solange auf das liebevollste gepflegt, bis sie wieder der Arbeit ihre Hände bieten können, oder der Tod sie von den Gebrechen ihres Leibes oder des Alters befreit. Die Verstorbenen werden unter feierlichen Zeremonien verbrannt und ihre Asche in Vasen gesammelt. Nach ihrem Glauben steigt die Seele des Toten als Rauch zur Sonne empor, um dort in deren goldenen Reich der ewigen Glückseligkeit teilhaftig zu werden.

Eine tiefe Religiosität beherrscht das ganze Leben der Sarambi, doch entbehren sie dabei des düsteren Fanatismus dunkler und oft grausamer Gottesbegeisterung, die anderen Glaubensbekenntnissen so viele blutige und schandvolle Tage brachte. Wohl ist der Sonnenglaube Staatsreligion, aber niemand wird gezwungen, sie auszuüben, und vollständige Gewissensfreiheit ist für den Sarambi eine der großen göttlichen Einrichtungen, an die frevelhaft zu rütteln, eine furchtbare Sünde wäre. Jedes Amt, auch das des ersten Ministers, steht auch den Andersgläubigen offen, wenn sie nur die Fähigkeit dazu und die bei den Sarambis am meisten geschätzten Tugenden besitzen.

In der Sonne sehen sie weniger ein göttliches Wesen, als vielmehr das Symbol eines Gottes, der allmächtig über allen Dingen und Erscheinungen thront, diese aber mit seinem Geiste durchdringt, so daß alles Sichtbare, Hörbare und Fühlbare der Zeit eigentlich nur ein Teil von ihm ist. Als Sevaro zu regieren begann, war dies noch anders. Nicht nur die Eingeborenen, sondern auch die eingewanderten Parsen erblickten in der Sonne die eigentliche Gottheit und mußten erst von Sevaro eines Besseren belehrt werden. Dieser hatte auf seinen vielen Wanderungen alle mächtigen Glaubensbekenntnisse kennen gelernt und war vermöge seines scharfen Geistes tief in ihre Geheimnisse eingedrungen. Und seine Weisheit gab ihm die Erkenntnis, daß Gott begrifflich in seiner Allmacht nicht erfaßt, seine überwältigende Größe nicht in einem, wenn auch noch so herrlichen Gegenstand, begrenzt von einem gegen das Weltall kleinen Raum wohnen könne und nur durch ein symbolisches Bild den Menschen, von denen die Mehrzahl ewig Kinder sind und bleiben werden, sichtbar vorgestellt werden muß. Kaum zum König gewählt, war er nun unermüdlich tätig, mit Hilfe seines treuen Giovanni seine Untertanen zu dieser tieferen Auffassung des Gottesbegriffes zu erziehen, was ihm auch bei dem für Religion sehr empfänglichen Gemüt der Sarambi auf das Schönste gelang. Er lehrte sie auch, daß die Welt unendlich sei, das kleinste Staubkorn selbst in Millionen Jahren nicht verschwinden könne, ein ewiger Kreislauf der Dinge bestehe, innerhalb dessen sich alles wiederhole und dem denkenden Menschen eine Verantwortung bis an das Ende aller Erscheinungen aufzwinge, von der ihn selbst Gott nicht befreien könne. Als die vornehmsten Gesetze eines frommen Lebens stellte er als erstes die Ehrerbietung vor dem Nächsten auf, als zweites die Liebe zur Natur und als drittes die Demut vor dem Willen der Allmacht.

Was den eigentlichen Dienst der Sonne anbelangt, so ist er so klar und eindringlich wie dieses strahlende Gestirn. Ihre religiösen Zeremonien fallen durch ihre feierliche Einfachheit auf, die mit keiner Geheimnistuerei die Gläubigen blenden will. In ihren schönen Gebeten nennen sie die Sonne den Brunnen des Lebens, den göttlichen Spiegel oder das ewige Feuerauge. Die Kinder werden erst vom 10. Lebensjahre an zu den Gottesdiensten mitgenommen, indes ein Jahr früher der religiöse Unterricht beginnt, der sich ebenfalls in einfachen, leicht begreiflichen Formen bewegt. Drei heilige Pflichten werden ihnen eingeprägt: die Ehrerbietung vor dem allmächtigen Wesen, die Anbetung der Sonne, als sichtbarstes und gewaltigstes Symbol Gottes, und die Liebe zur Heimat, der sie außer Gott alles verdanken. Diese drei Begriffe werden in ihren Tempeln durch einen schwarzen Vorhang, eine schwebende Goldkugel und das Bild eines ein Kind nährenden Weibes dargestellt. Der Sonne schreiben sie die Erhaltung der Welt zu, sie bewege die Sterne und die Erde, gebäre die Winde, schicke den Regen und Ebbe und Flut seien ihr Werk. Alle Seelen kämen aus ihrem feurigen Reich und müßten dorthin zurückkehren, auch die der Tiere und Pflanzen. Der Glaube an die Unsterblichkeit der Seele ist ein Lehrsatz ihrer Religion, daneben ist noch ein großer Teil des Volkes der Meinung, daß es eine Seelenwanderung gibt für jene, die kein tugendhaftes Leben geführt haben und einer Läuterung bedürftig sind. Deshalb schreiben sie auch den meisten Tieren und Pflanzen Vernunft zu, da sie in ihnen Seelen der abgeschiedenen Menschen vermuten.

Da die Sarambi das allerhöchste Wesen für den Menschen als un-faßbar glauben, bauen sie ihm keine Tempel. Nur das gute und fromme Werk kann ihn ehren und loben. Dagegen stehen in allen Städten und Dörfern die herrlichsten Tempel, die sie der Sonne errichtet haben. Unter ihnen ist der große Sonnentempel in Sevarin-de der prunkvollste. Ein wahres Wunderwerk aus Stein, Gold und Silber, erhebt er sich aus einem viele Morgen großen Märchengarten zu wahrhaft schwindelnder Höhe.

Seine aus rosenrotem Marmor erbaute Riesenkuppel schwebt wie eine milde Abendsonne über dem blendendweißen Dächergewoge der gewaltigen Stadt. Innen besteht er aus einem einzigen Gewölbe, dessen Wände mit Mosaikbildern aus Edelsteinen bedeckt sind. In seiner Decke ist mit riesenhaften Edelsteinen der nächtliche Ster-nenhimmel nachgebildet. Durch diese Sterne und den Mond fällt auch am Tage das Licht, das jedem Bilde, ja jedem Betenden einen unirdischen Glanz verleiht. Der Altar zeigt über einem schneeigen Marmorsockel das riesenhafte Bild der Sonne, aus Gold geschmie-det, das feurige Strahlen wirft. Unsichtbar angebrachte Orgeln mit wundervollen Tönen weihen diesen herrlichen Raum den ganzen Tag mit feierlicher Musik, die den gläubigen Beter bald in eine fromme Verzückung versetzt. Ich habe vor- und nachher kein solch herrliches Bauwerk gesehen, das sich mit dem Tempel in Sevarinde nur im entferntesten vergleichen ließe, obzwar ich durch ganz Europa und ein gutes Stück Asiens gekommen bin.

Einen gewaltigen Eindruck machte auf mich stets die Feier des Jahresfestes zu Ehren der unsichtbaren Allmacht. Dieses Fest fällt in die Zeit der Frühlingswende, wo die Gärten ihre prunkvollsten Blütenkleider angelegt haben und ein himmlischer Duft durch das ganze mächtige Reich weht.

Sobald die Sonne untergegangen ist, werden alle hundert Tore des Tempels geöffnet, von denen sonst das übrige Jahr hindurch nur zehn Tag und Nacht Einlaß gewähren. Das Innere des Tempels, seine Bilder, Statuen, jeder Gegenstand, selbst die Darstellung der Sonne sind mit schwarzem Tuch verkleidet, so daß man glaubt, sich in einem Tempel des Todes und der Trauer zu befinden. Die Priester sind gleichfalls in schwarze Togen gehüllt und tragen einen schwarzen Schleier vor dem Gesicht. Nur der König, der ihre große Schar anführt, hat einen weißen Mantel um die Schultern gelegt. Er schreitet tief gesenkten Hauptes zu dem Altar, auf dessen schwarzverhangener Platte eine kopfgroße Kugel aus Kristall liegt, die ebenfalls mit einem dünnen schwarzen Flor verhüllt ist. Die obersten Würdenträger und Priester folgen ihm mit brennenden Fackeln in den Händen, indes das Volk in lautloser Andacht den ungeheueren Raum des Gotteshauses besetzt hält. Vor dem Altar liegt ein schwarzes Seidenkissen, auf das sich der König mit zu Boden gewandtem Gesicht hinstreckt und zu beten beginnt. Die Priester tun desgleichen, während sie die Fackeln löschen, nur beten sie nicht laut wie der Herrscher, dessen klare Stimme sich zu immer stärkerem, inbrünstigerem Klang erhebt.

Die Lust zur gemeinsamen Freude ist bei den Sarambi stark ausgeprägt und wird von der frühesten Kindheit an auf das sorgfältigste gepflegt. Sie betreiben alle möglichen Sportspiele auf das leidenschaftlichste und der Besuch der öffentlichen Schauspielhäuser ist ihre liebste Zerstreuung. Diese gibt es selbst in dem kleinsten Dorfe und sie sind mit unerhörter Pracht ausgestattet. Ihr Besuch ist vollkommen unentgeltlich. Die Kosten ihres Unterhaltes trägt zur Gänze der Staat.

Das Schauspielhaus in Sevarinde ist vielleicht das größte Bauwerk der Welt. Nach Art des römischen Kolosseums errichtet, jedoch mit einem gewölbten Dach versehen, bietet es 20.000 Zuschauern die bequemlichsten Sitzplätze. Es steht auf einem Hügel der Stadt und ist weitum in seiner marmornen Pracht sichtbar. Von allen Seiten führen breite, von schönen Bäumen eingesäumte, mit Standbildern hervorragender Dichter und Schauspieler geschmückte Wege hinauf. Das Innere des Theaters ist von edelster Harmonie und Schönheit. Von den weißen Marmorwänden heben sich die schwarzen, mit Zieraten aus Silber eingelegten Sitzplätze aus Ebenholz auf das vornehmste ab. In fünf Galerien steigen sie zur Kuppel empor, die aus riesengroßen Tafeln einer milchig schimmernden und das Sonnenlicht durchlassenden Achatart zusammengesetzt ist. Des Nachts wird diese Schauburg von hunderten von mächtigen Kristallkugeln erleuchtet, die ein starkes Öllicht umschließen und an goldenen Ketten herunterhängen. Die Bühne ist so groß, daß eine ganze Stadt, ja selbst Gebirge und Wälder, wenn es das Schauspiel verlangt, in ihr aufgestellt werden können und tausende Darsteller auf ihr Platz haben.

Etwa hundert Meilen unterhalb Sevarinde mündet der mächtige Strom, an dem die Hauptstadt liegt, in einem Meerbusen, der durch einen Inselkranz von dem Ozean getrennt wird, der bis zum antarktischen Pol reichen soll und der der europäischen Schiffahrt bisher beinahe unbekannt ist.

Einige Sarambi, die ich kennen lernte und die in diesem Meere sehr weit vorgedrungen waren, erzählten mir viel Außergewöhnliches von ihren Reisen. Sie waren, die Inselkette hinter sich lassend, auf große, mit dichten Wäldern bedeckte Inseln gestoßen, die von wilden Völkern, die Steingötzen anbeten, bewohnt werden. Aufgefallen war ihnen der fette Boden der Inseln und der Reichtum des Meeres ringsum an Fischen jeglicher Art. Auch sprachen sie von Meerwundern, die ihnen erschienen seien, über deren Wesen und Beschaffenheit sie aber nicht nähere Auskunft geben wollten.

Aus Büchern erfuhr ich nun, daß schon Sevaro in seinen letzten Regierungsjahren Schiffe ausgerüstet und nach jenen Inseln gesendet hatte, um diese der sarambischen Kultur zugänglich zu machen.

Diese Expedition war aber von den Wilden in vielen Kanoes angegriffen worden und nur ihre Kanonen und das Musketenfeuer rettete sie vor Vernichtung. Unverrichteter Sache kehrten die Schiffe wieder heim. Der Versuch war bis zum heutigen Tage nicht wiederholt worden, da die Sarambi ein Gesetz haben, das ihnen verbietet, mit Kriegsgewalt ihr Reich zu vergrößern. Ihre Kultur dürfen sie nur auf friedliche Weise den fremden Völkern überbringen.

Von den Wilden auf diesen Inseln las ich auch, daß sie nach dem Bericht glaubwürdiger Reisender manches Schiff, das an der Küste vorbeifuhr, mit freundlichen Zurufen begrüßten und ganz zutraulich Geschenke an Bord brachten. Sie sollen ganz nackt gehen, aber geschickt mit dem Hirn eines gewissen Tieres Felle auf das schönste zurichten können. Noch weiter draußen im Ozean leben auf einer Gruppe Inseln Wilde, die wegen ihrer Grausamkeit bei den andern Insulanern sehr gefürchtet sind. Angeblich beten sie die Teufel an, dem sie Menschenopfer bringen. Auch soll ihre Lieblingsnahrung das Fleisch erschlagener Feinde sein. Bis in die Nähe des Poles ziehen sich diese Inseln hin, hundert Meilen von jedem Festland entfernt. Nur einige von ihnen verdienen die Bezeichnung: groß. Die meisten haben nur ein paar Quadratmeilen Flächenraum oder bestehen überhaupt nur aus vom Wellenschlag abgeplatteten Felsenriffen, auf denen etwas Gras wächst und Seevögel nisten.

Zu Zeiten des Sevaro begaben sich oftmals mutige Schiffer in dieses Inselmeer und drangen bis zum Pol vor, ohne auf Eis zu stoßen. Einer von ihnen segelte sogar am Pole vorbei und war nicht wenig erstaunt, über den Pol hinaus ein freies, glattes Meer zu finden, das keine Brandung zeigte und, wie es schien, weder Ebbe und Flut, noch sonstige Eigenschaften und Erscheinungen der anderen Meere aufwies.

Wissenstrieb allein ist es, der die Sarambi immer wieder zur Erforschung dieser unbekannten Weltteile antreibt. Ihr eigenes Land ist so groß und überreich an allen möglichen Erdenschätzen, daß sie es nicht nötig haben, neue Gebiete aufzusuchen und zu besiedeln. Gleichwohl haben sie auf einigen bisher unbewohnten Inseln kleine Ansiedlungen zum Zweck der Ausbeutung von Bergkristallagern errichtet und besuchen ständig ein paar noch weiter abseits liegende Eilande, wo sie von den Eingeborenen Perlen eintauschen, die dort in seltener Größe und Schönheit gefischt werden. Der Steuermann einer sarambischen Fregatte, mit dem ich bekannt geworden war und der mir viel von seinen Reisen erzählte, zeigte mir eine ganze Anzahl großer und reiner Perlen, wie ich sie in solcher Schönheit noch nicht gesehen hatte und die an den Perlenbänken erwähnter Inseln keine Seltenheit waren. Er machte mir sieben Stück davon zum Geschenk, die ich später in einer asiatischen Stadt um vieles Geld verkaufte.

Kurz vor meiner Abreise in die Heimat hatte König Sevaris beschlossen, eine große Expedition zur gänzlichen Erforschung des Meeres bis zum antarktischen Pol hinauf auszurüsten. Damit diese und ihr Zweck nicht an Nahrungsmangel scheitere, ließ er schon Monate vorher auf den unbewohnten Inseln Vorratshäuser erbauen, in die er eine kleine Besatzung legte. Auch mußten ihm seine Bauleute zerlegbare Hütten errichten, die, mit Öfen und dichten Filzwänden versehen, die Teilnehmer der Reise vor der Kälte auf dem antarktischen Landgebiet schützen sollten. Ich habe leider das Ergebnis dieser großen Forschungsreisen nicht mehr erwarten können, bin aber der festen Meinung, daß sie bei dem Mut, der Tatkraft und Klugheit der Sarambi mit reicher Ausbeute und neuen Kenntnissen über das noch so wenig bekannte Meer, seine noch nicht erforschten Inseln und das Festland um den Pol herum zurückgekehrt ist.

Ich will noch erwähnen, daß der Strom, an dem die Hauptstadt liegt, an seiner Mündung in das Meer beinahe 6 Meilen breit sein soll. Dichte Wälder bedecken sein flaches, sumpfiges Ufergebiet, in denen außer anderen Raubtieren auch mächtige Schlangen hausen sollen, die sogar Menschen überfallen, ins Dickicht schleppen und dort die erdrosselten Körper langsam hinunterwürgen.

Von Sevarinde aus führt zwischen Fluß und Gebirge im rechten Winkel eine prachtvolle Straße, vielleicht die breiteste der Welt, zu dem 7 Wegstunden entfernt liegenden Kriegs- und Handelshafen von Sarambi, den auch ein tief und breit angelegter Kanal mit dem Hauptstrom des Landes verbindet. Gar oft besuchte ich die in mächtigen Formen gegen das Meer anwuchtende Hafenstadt und sah mit heißer Sehnsucht in den Augen über das wogende Meer

hin, dessen Fluten vielleicht auch den Strand meiner fernen Heimat
beleckten.

Nachdem ich nun der Wahrheit getreu erzählt habe, wie dieses
seltsame Reich gegründet wurde, seine Einwohner, ihre Sitten und
Gebräuche nach bestem Wissen zu schildern versuchte und des
guten Glaubens bin, ein möglichst getreues Bild dieses uns noch
unbekannten Staates gegeben zu haben, bleibt mir noch übrig, über
unseren Aufenthalt daselbst und meine Rückkehr in die Heimat
kurz zu berichten.

Ich habe bereits erwähnt, wie wir uns unter Beihilfe der Sarambi
ein Gemeinschaftshaus erbauten und dieses, soweit es kein Verstoß
gegen die herrschenden Gesetze war, nach unserem europäischen
Geschmack einrichten durften. Ich wurde zum Vorsteher dieser
neuen Gemeinde ernannt und leitete bis zu meiner Heimreise mit
Hilfe der Offiziere Jahre hindurch alles zur Zufriedenheit der Regierung und meiner Gefährten, deren Zahl sich durch viele Geburten
stark vermehrt hatte. Denn eine ganze Anzahl von ihnen hatte sich
mit der Zeit mit sarambischen Mädchen vermählt.

Merkwürdig war es, wie sehr sich unsere äußere leibliche Gestalt
in der Zeit von einigen Jahren verändert hatte. Die Krankheiten,
unter denen die meisten von uns in Europa gelitten hatten, ver-
schwanden, blieben aus, wir verjüngten uns, besonders in der ersten Zeit, von Tag zu Tag zusehends, fühlten uns frischer und stär-
ker. Ich maß diese glückliche Veränderung der Nüchternheit und
mäßigen Arbeit zu. Auch die völlige Sorglosigkeit, in der in Sarambi
alles leben durfte und die weise Verteilung der Vergnügungen
mochte dazu beitragen. Keine Sorge um das tägliche Brot drängte
sich an uns, der Körper ward nicht gezwungen, bis zur Übermü-
dung zu arbeiten, reichlicher Schlaf erquickte ihn und machte ihn
aufnahmsfähig für die Werke jeglicher Kunst, an denen er sich be-
geistern und emporziehen konnte.

Wir waren bald vertraut mit den Bürgern der Stadt, die uns auf
das liebevollste mit Rat und Tat beistanden und nur gutmütige
Spässe über unsere kleine Gestalt, unsere Sprache und unsere ihnen
absonderlich vorkommenden Sitten machten. Sobald wir halbwegs
ihre Sprache verstanden, lachten wir mit ihnen und jeder von uns

hatte sich in Kürze mit einem oder mehreren Sarambis angefreundet. Ich hatte mir sogar die Freundschaft mehrerer hoher Würdenträger verschafft, von denen ich oft besucht und auch zu ihnen eingeladen wurde. Selbst der König ließ mich jedes Jahr zwei-, dreimal zu sich kommen und unsere Unterhaltung währte immer einige Stunden, in denen ich ihm vieles über meine Heimat und die übrigen europäischen Länder erzählen mußte.

Große Trauer verursachte uns der Tod des Herrn De Nuyts, der auf einer Jagd von einem Bären zerrissen wurde.

Unter meinen neuen Freunden befand sich auch ein gewisser Kalchimas, ein weitgereister und hochgebildeter Mann, der mich oft seiner Tafel zuzog. Er hatte die meisten asiatischen Länder gesehen, war aber nicht nach Europa gekommen und freute sich nun, sich mit einem Europäer über diesen Erdteil unterhalten zu können, von dem er auf seinen Reisen und aus Büchern so viel Merkwürdiges erfahren hatte. Ich jagte auch oft mit ihm zusammen, begleitete ihn auf seinen Reisen durch das Land und mit der Zeit konnte einer den andern kaum mehr zwei Tage hintereinander entbehren. Er trug viel dazu bei, meine Sehnsucht nach der Heimat zu dämpfen und mich mit meinem Dasein jahrelang zufrieden zu geben. Aber im fünfzehnten Jahre meines Verweilens in dem fremden Lande wurde mein Heimweh zu einem körperlichen Schmerz, der mich Tag und Nacht peinigte und mir jede Stunde verdüsterte. Ich fühlte mich alt werden und auf einmal kamen mir die Menschen und Dinge meiner Umgebung fremder vor als am ersten Tage meines Verweilens in Sevarinde. Vor meinen Augen zeigte sich die Stadt meiner Geburt wie ein wunderschönes Traumbild, alles Graue, Stinkende, Armselige ihrer engen Gassen war verschwunden und die Habgier, der Neid und knechtische Geist ihrer Bewohner, welche Laster mich einst angeekelt hatten, erschienen mir wie ein böses Märchen.

In meiner Not beichtete ich Kalchimas, meinem Freunde. Durch dessen Vermittlung wurde mir vom König die mich beglückende Erlaubnis zuteil, nach Europa heimkehren zu dürfen. Es begab sich auch, daß um diese Zeit ein Schiff zur Abreise nach Persien rüstete, welches ich benützen wollte, um so schnell als möglich meinen brennendsten Wunsch erfüllt zu sehen.

Freilich brachte mir die Erfüllung dieses Wunsches schweren Kummer, denn ich mußte außer meinen treuen Gefährten und den liebgewonnenen neuen Freunden auch meine Frau und Kinder verlassen, die ich über alles lieb hatte. Doch tröstete ich mich endlich damit daß ich, nachdem ich eine Zeitlang in meiner Heimat geweilt hätte, wieder zurückkehren würde, um meinen Lebensabend in Sevarinde zu beschließen.

Zur selben Zeit, als unser Schiff – der Sohn. meines Freundes wollte mich nach Persien begleiten – im Begriffe war, den Hafen zu verlassen, lagen auch einige Schiffe bereit, die Anker zu lichten, um die geplante Forschungsreise in den antarktischen Ozean auszuführen. Um nun meiner Familie und den Freunden den Abschied zu ersparen, nahm ich mit Wissen des Königs und Kalchimas' zu einer Notlüge die Zuflucht und log ihnen vor, daß ich diese Expedition mitmachen wolle. Nichts ahnend glaubte alles meinen Worten, ich aber mußte mir Gewalt antun, um nicht in Tränen auszubrechen, als mir meine Kinder, die Frauen und die Freunde nur die Hand zum Abschied boten in der Meinung, sie würden mich in wenigen Wochen wieder in ihrer Mitte haben. Es war dies für mich einer der furchtbarsten Augenblicke meines Lebens.

Am Tage unserer Abfahrt war die See sehr still. Es schien mir, als habe die Natur dem Wind verboten, mich dem Lande zu entführen, das mir solange eine zweite glückliche Heimat gewesen war. Galirsten mit hunderten Ruderknechten bemannt mußten uns an 20 Meilen weit in das Meer hinausschleppen, bis die Segel ein wenig Wind zu fassen bekamen. Die Matrosen erzählten mir, daß an dieser Küste entweder Sturm und Unwetter oder Windstille herrsche. Erst am zweiten Tage unserer Abreise erhob sich eine stärkere Südwestbrise, die mehr und mehr an Kraft zunahm und uns ohne Aufenthalt unserem Bestimmungsort an der Küste von Persien zutrieb. Achtundsechzig Tage nach unserer Abfahrt von Sevarinde fuhren wir in die sandige Bucht der persischen Hafenstadt ein. Wehmütig und doch voll froher Erwartungen verließ ich daß Schiff, das letzte Stückchen Boden des sarambischen Reiches und stieg ans Land, um mich mit dem Sohne meines Freundes nach Ispahan, der Hauptstadt Persiens, zu begeben. Hier hielt ich mich zur Erholung einige Tage auf, nahm dann Abschied von meinem jungen Sarambi-Freund, der seiner Studien wegen hier zurückbleiben mußte und schloß mich einer Karawane an. Mit dieser erreichte ich glücklich Smyrna, von welcher Hafenstadt aus mich eine Fregatta der holländischen Kompagnie in die Heimat brachte.

Seither sind wieder Jahre vergangen. Ich sitze am Fenster meiner kleinen Stube, das mir den freien Blick auf den Amsterdamer Hafen schenkt. Krank bin ich, kaum noch im stande, die Füße zu bewegen und darum muß ich hier bleiben, in der grauen, schmutzigen Stadt mit ihren kleinlich denkenden, neiderfüllten, armseligen Menschen und kann nicht zurückkehren in die Heimat meines Herzens, nach Sevarinde, zu meinen Kindern. Fremde Leute bedienen mich mit kalten Gesichtern und lieblosen Händen, für Geld, und wenn ich ihnen von dem Reiche Sarambi erzählen will, um mir das Herz ein wenig zu erleichtern, lächeln sie spöttisch und nennen mich einen Märchenonkel.

Manchmal laß ich mich zum Strand hinuntertragen und streichle mit den zittrigen Fingern die kleinen Wellen. Dann spüre ich den Duft der sarambischen Gärten, höre der Sonnenanbeter wundersame Tempelmusik und mir ist, als säße ich mitten unter meinen glücklicheren Gefährten in der kühlen marmornen Halle meines Gemeinschaftshauses in Sevarinde und streichle meinen Kindern einem nach dem anderen über das braune Seidenhaar. Aber da schrecken mich die wilden Rufe betrunkener Matrosen aus meinem Traum. Schmutz und Kläglichkeit der Häuser stürzt in meine erwachten Augen, häßliches Schreien, Menschengebrüll, Laute der Gier, des Zornes und des Hasses in meine Ohren. Tränen steigen brennend in mir auf und mit umflortem Blick die ewige Sonne hinter dem Nebel suchend, wünsche ich mir den Tod.

Ende

Über tredition

Eigenes Buch veröffentlichen

tredition wurde 2006 in Hamburg gegründet und hat seither mehrere tausend Buchtitel veröffentlicht. Autoren veröffentlichen in wenigen leichten Schritten gedruckte Bücher, e-Books und audio-Books. tredition hat das Ziel, die beste und fairste Veröffentlichungsmöglichkeit für Autoren zu bieten.

tredition wurde mit der Erkenntnis gegründet, dass nur etwa jedes 200. bei Verlagen eingereichte Manuskript veröffentlicht wird. Dabei hat jedes Buch seinen Markt, also seine Leser. tredition sorgt dafür, dass für jedes Buch die Leserschaft auch erreicht wird.

Im einzigartigen Literatur-Netzwerk von tredition bieten zahlreiche Literatur-Partner (das sind Lektoren, Übersetzer, Hörbuchsprecher und Illustratoren) ihre Dienstleistung an, um Manuskripte zu verbessern oder die Vielfalt zu erhöhen. Autoren vereinbaren direkt mit den Literatur-Partnern die Konditionen ihrer Zusammenarbeit und partizipieren gemeinsam am Erfolg des Buches.

Das gesamte Verlagsprogramm von tredition ist bei allen stationären Buchhandlungen und Online-Buchhändlern wie z. B. Amazon erhältlich. e-Books stehen bei den führenden Online-Portalen (z. B. iBookstore von Apple oder Kindle von Amazon) zum Verkauf.

Einfach leicht ein Buch veröffentlichen: **www.tredition.de**

Eigene Buchreihe oder eigenen Verlag gründen

Seit 2009 bietet tredition sein Verlagskonzept auch als sogenanntes "White-Label" an. Das bedeutet, dass andere Unternehmen, Institutionen und Personen risikofrei und unkompliziert selbst zum Herausgeber von Büchern und Buchreihen unter eigener Marke werden können. tredition übernimmt dabei das komplette Herstellungs- und Distributionsrisiko.

Zahlreiche Zeitschriften-, Zeitungs- und Buchverlage, Universitäten, Forschungseinrichtungen u.v.m. nutzen diese Dienstleistung von tredition, um unter eigener Marke ohne Risiko Bücher zu verlegen.

Alle Informationen im Internet: **www.tredition.de/fuer-verlage**

tredition wurde mit mehreren Innovationspreisen ausgezeichnet, u. a. mit dem Webfuture Award und dem Innovationspreis der Buch Digitale.

tredition ist Mitglied im Börsenverein des Deutschen Buchhandels.

Dieses Werk elektronisch lesen

Dieses Werk ist Teil der Gutenberg-DE Edition DVD. Diese enthält das komplette Archiv des Projekt Gutenberg-DE. Die DVD ist im Internet erhältlich auf **http://gutenbergshop.abc.de**